FSC
www.fsc.org
MIX
Papier aus verantwortungsvollen Quellen
Paper from responsible sources
FSC® C105338

Impressum

Bibliografische Information der Deutschen Nationalbibliothek: Die Deutsche Nationalbibliothek verzeichnet diese Publikation in der Deutschen Nationalbibliografie; detaillierte bibliografische Daten sind im Internet über http://dnb.dnb.de abrufbar.

c/o skriptspektor e. U.
Robert-Preußler-Straße 13 / TOP 1
5020 Salzburg, AT – Österreich
kontakt@mariawinterautor.de

Lektorat: Renate Wunder
Korrektorat: Jenny Rubus
Satz: Larissa Moritz
Umschlaggestaltung: Sarah Scheumer

Veröffentlicht über tolino media.

ISBN: 9783754670828

Herstellung und Druck über tolino media GmbH & Co. KG, München.
Printed in Germany

MARIA WINTER

Huskyküsse zu Weihnachten

Playlist

Justin Bieber	–	Mistletoe
Band Aid	–	Do They Know It`s Christmas?
Ed Sheeran	–	Afterglow
Ariana Grande	–	Santa Tell Me
Pentatonix	–	The Sound Of Silence
Pentatonix	–	Hallelujah
Secondhand Serenade	–	The World Turns
Sam Tinnesz	–	We‘re Gonna Make It
Sam Tinnesz	–	Never Leave Your Side
Snow Patrol	–	Chasing Cars
Calum Scott	–	Dancing On My Own

1. Kapitel
Hailey

„Das werde ich Alexander Lewis heimzahlen“, zischte ich, während ich versuchte, den Opel Astra halbwegs heil durch die Schneemassen auf der Straße zu manövrieren. Wurde hier überhaupt Winterdienst gefahren? Ich konnte es mir bei der festgefahrenen weißen Decke nur schwer vorstellen. Konnte man die Straßen nicht soweit salzen, dass wenigstens der schwarze Asphalt durchschaute? War das etwa zu viel Arbeit …

Waaa.

Schon wieder geriet das Auto ins Schlingern und die Reifen drehten leicht durch. Nur mit viel Gefühl und etlichen Flüchen gelang es mir, den Wagen in der Spur zu halten.

Verdammt, ich bereute es jetzt schon, meinen Chef diesen Gefallen getan zu haben.

Ja, er war der beste Vorgesetzte der Welt. Und ja, ich liebte die Arbeit auf der Pferderanch nahe Madison in Georgia, umgeben von urigen alten Scheunen und Backsteingebäuden, an deren Wänden sich Efeu entlangschlängelte.

Aber war es das hier wirklich wert?

Das Ganze ist es nicht nur wert. Du musst das tun, zischte eine verräterische Stimme in meinem Kopf. Und mit ihr machte sich das schlechte Gewissen breit.

Ich war es gewesen, die vergessen hatte, die Wartung des bereits in die Jahre gekommenen Ford Pickup zu veranlassen. Und damit war es meine Schuld, dass aufgrund fehlender Bremsflüssigkeit die Bremsen nicht schnell genug reagiert hatten und Alex an einer Kreuzung nicht rechtzeitig zum Stehen gekommen war. Zwar prallte er nicht besonders schnell gegen das von rechts kommende Fahrzeug. Dennoch reichte es, um ihm zwei Rippen zu brechen und einen Riss im Meniskus seines rechten Knies zu verursachen.

Immer wieder beteuerte er, dass es nicht meine Schuld gewesen war. Er fuhr am meisten mit dem Fahrzeug. Es hätte ihn längst auffallen müssen, dass etwas nicht stimmte. Aber das änderte nichts an der Tatsache, dass ich für die Administration der Betriebsfahrzeuge zuständig war und dass es ebenso zu meinen Aufgaben gehörte, sie rechtzeitig warten zu lassen. Einen Einwand, den Alex übrigens lässig abgewinkt hatte. So wie er sich kannte, hätte er sich ohnehin wahrscheinlich keine Zeit für einen Besuch in der Werkstatt genommen.

Trotzdem: Ich fühlte mich wie der schlechteste Mensch der Welt, der nicht nur zu doof war, seinen

Job anständig zu machen, sondern der auch noch beinahe seinen Chef auf dem Gewissen gehabt hätte. Wer konnte das schon von sich behaupten?

Bei diesem Gedanken atmete ich abgehackt aus und umklammerte das Lenkrad mit meinen dünnen Fingern.

Es grenzte an Glück, dass Alex den Unfall mit so leichten Blessuren überlebt hatte. Das Ganze hätte auch wesentlich anders ausgehen können und das war mir mit jedem Atemzug bewusst.

Da war es doch wohl das mindeste, dass ich das hier für ihn tat! Unmöglich geräumte Straße hin oder her.

Das Klingeln meines Handys in der Halterung neben mir ließ mich aus meinen Gedanken aufschrecken. Fahrig fummelte ich auf dem Bildschirm, bis ich den grünen Hörer erreichte und nach rechts wischte.

„Na, schon verirrt?“, flötete meine Schwester am anderen Ende der Leitung. Ich rollte mit den Augen. Typisch, dass sie gleich wieder annahm, ich hätte Mist gebaut. So sehr wie ich mein großes Geschwisterchen mochte, so anstrengend war sie manchmal. Besonders, wenn sie alles was ich tat, immer erst einmal misstrauisch beäugte.

„Mir geht es gut, Kimmy. Und ich muss dich warnen. Der Empfang hier draußen ist quasi nicht vorhanden. Wenn ich also gleich weg sein sollte …“

„Ja, ja, schon verstanden. Ich wollte nur hören, ob du den Flug gut überstanden hast.“

Bei dem lockeren Ton in ihrer Stimme entspannte ich mich wieder etwas. Sie meinte es sicher nur gut und erinnerte mich damit an den Grund, weshalb ich hier war.

Im Winter flog Alex für gewöhnlich einige Wochen nach Alaska, um auf der Ranch seines Bruders nahe des kleinen Ortes Healy zu helfen. Aufgrund der ganzen Schneetouristen gab es um diese Zeit besonders viel zu tun; sowohl bei den Tieren als auch bei der Betreuung der Kunden und der Buchhaltung. Sein Bruder führte die Ranch anscheinend ganz allein und Alex hatte erklärt, dass es er es quasi als brüderliche Pflicht ansah, ihn zumindest während dieser stressigen Zeit zu unterstützten.

Außerdem schwärmte er davon, dass das Ganze ohnehin mehr Urlaub als Arbeit für ihn darstellte.

Urlaub? Wenn ich mich so umschaute, sah ich nichts weiter als Schnee, riesige Tannen und noch mehr Schnee. Unter Urlaub stellte ich mir etwas anderes – *Wärmeres* – vor, aber jeder hatte bekanntlich andere Vorlieben.

Dennoch hatte ich mich sofort bereit erklärt, für ihn einzuspringen, als er erzählte, dass er aufgrund seiner Verletzungen wahrscheinlich nicht zu seinem Bruder fliegen könnte. Nun ja, er hatte nicht direkt nach einem Ersatz gefragt, aber ich hatte mich schneller angeboten, als ich überhaupt darüber hatte nachdenken können.

Dummes schlechtes Gewissen!

Alex hatte mich ebenso überrascht gemustert wie die anderen Mitarbeiter der Ranch. Immerhin war ich nur die Tippse aus der Verwaltung und hatte keine tiefgründige Ahnung von Pferden oder der Betreuung von Touris. Aber was nicht war, konnte ja noch werden.

Alex kam das tatsächlich sehr entgegen. Da die Zeit der Aushilfe drei Wochen betrug und sich über die Weihnachtsfeiertage bis Silvester erstreckte, war vermutlich niemand wirklich scharf darauf, sich für einen solchen Posten zu bewerben. Und da Weihnachten bei meinen Eltern und meiner Schwester in Atlanta zwar heimelig, aber auch immer mit der ein oder anderen Grundsatzdiskussion verbunden war, hatte ich kein größeres Problem damit, die Feiertage woanders zu verbringen.

Schwester, da war ja was ...

„Der Flug war gut und auch die Fahrt ist bis jetzt ruhig“, log ich. Die Fahrt war ein Grauen mit diesem Auto. Aber ich hatte wirklich keine Lust, mir meine Unfähigkeit in Sachen Fahrzeugauswahl von meiner Schwester aufs Brot schmieren zu lassen.

Fakt war, ich befand mich auf dem Weg durchs Nirgendwo zu der Ranch von Alex Bruder Cole, um die Arbeit zu übernehmen, die Alex für gewöhnlich tat.

Auch wenn er mir tausendmal versichert hatte, dass ich das wirklich nicht machen müsste. Er sei mir nicht böse und ich sei ihm nichts schuldig.

Trotzdem konnte ich ihm deutlich ansehen, wie erleichtert er war, endlich jemanden gefunden zu haben, der ihn vertreten würde, damit sein Bruder nicht die ganze Arbeit allein erledigen musste.

Zum Schluss wirkte er sogar ein wenig glücklich, dass ich das tat. Er meinte, die Zeit hier oben in dieser Eiswüste würde mir bestimmt guttun. Er hatte mir sogar wertvolle Tipps für meine Reise mitgegeben, die ich natürlich in meinem jugendlichen Leichtsinn nicht berücksichtig hatte.

Einer davon war beispielsweise gewesen, dass ich mir nach der Landung in Fairbanks unbedingt ein Allradauto mieten sollte. Was ich selbstverständlich nicht tat – welche 24 Jahre alte Frau fuhr schon mit einem Jeep durch die Gegend? Protzkarre, nein danke. Ein Kombi würde es bestimmt auch tun, dachte ich.

„Liegt denn viel Schnee?“, hörte ich Kimmys Stimme in weiter Entfernung fragen, weil ich gleich wieder eine Nahtoterfahrung haben würde.

Ich schickte ein stummes Gebet gen Himmel, während der Gegenverkehr an mir vorbeibrauste – natürlich ein Auto mit Allrad – und ich mich bemühte, nicht die Kontrolle über den Wagen zu verlieren.

Ich atmete langsam aus, ehe ich antwortete: „Es

geht. Du Kimmy, ich höre dich nur noch ganz schlecht. Ich glaube, der Empfang ist gleich wieder weg. Ich mach erstmal Schluss, wir hören uns." Es war sicher nicht die höflichste Art, ein Gespräch zu beenden. Aber wenn ich jemals wieder mit meiner Schwester reden wollte, musste ich mich jetzt erstmal auf die Fahrbahn konzentrieren.

Ich hoffte inständig, dass ich den Wagen die nächsten Wochen nicht allzu oft brauchen würde. Ansonsten war es wohl nur eine Frage der Zeit, bis er in irgendeiner Schneewehe am Straßenrand steckte.

Immerhin konnte das Ziel nicht mehr weit sein. Laut der Straßenkarte auf meinem Beifahrersitz – das Navi war bereits am Anfang immer wieder ausgestiegen – war ich kurz davor, Healy zu queren und näherte mich immer mehr dem roten Punkt, den Alex mir in weiser Voraussicht markiert hatte.

Tatsächlich, nach einiger Zeit erblickte ich den Wegweiser neben dem Highway: *Coles Ranch.* Puh, gleich würde ich da sein und diese Hölle von Straße hinter mir lassen.

Entsprechend motiviert bog ich auf die Nebenstraße ab, nur um festzustellen, dass diese den Namen ‚Straße' nicht verdiente. Der Waldweg war noch weniger geräumt und ich musste feststellen, wie die Räder in den pulverartigen Schnee einsanken. Und durchdrehten. Alle vier gleichzeitig.

„Verdammte Scheiße!", brüllte ich und schlug mit

voller Wucht auf das Lenkrad. Nach über zwei Stunden Fahrt hatte mir ausgerechnet das noch gefehlt. Ich hasste dieses weiße Zeug jetzt schon!

Immer wieder versuchte ich – erst behutsam, dann immer aufgebrachter – den Opel zum Weiterfahren zu bewegen. Doch keine Chance. Die Reifen hatten sich ganz wunderbar in den Schnee gewühlt. Ich steckte fest.

Na schön, sagte ich mir und blies eine meiner blonden Strähnen von der Stirn. *Es kann nicht mehr weit sein. Also auf die altmodische Art.*

Ich raffelte mein Handy, die Karte und weitere Sachen, die verstreut auf dem Beifahrersitz umherkullerten, in meinen Rucksack und stieg aus. Beinahe knietief versank ich mit meinen halbhohen Schuhen in der kalten, weißen Masse unter mir und stieß schon wieder einen nicht ganz damenhaften Fluch aus.

So viel wie auf der Herfahrt hatte ich das ganze Jahr noch nicht geflucht! Aber es nützte ja nichts. Erst einmal musste ich jetzt zu diesem Cole gelangen, der hoffentlich eine Lösung für mein kleines Auto-Problemchen hatte.

Tapfer stiefelte ich den Weg entlang. Nur um festzustellen, dass Coles Ranch doch ein ganzes Stück weit im Wald lag und dass halbhohe Wanderschuhe definitiv nicht die beste Kleidungsentscheidung gewesen waren. Vorteilhafter wären wohl kniehohe Stiefel gewesen. Ebenso wie eine dicke Wärmehose und eine Jacke, die nicht knapp unter der Hüfte endete. Bei jedem Schritt zog mir die Kälte eisig ums Becken und an meiner Jeans hafteten erste Schneeklumpen.

Okay, ich war nicht perfekt ausgestattet, aber es könnte schlimmer sein. Zumindest versuchte ich mir das einzureden, denn mit jedem Schritt und jedem kühlen Windzug sank meine Laune mehr und mehr in den Keller.

Nach einer guten halben Stunde entdeckte ich in der Ferne endlich eine Hütte, eingerahmt von hohen Fichten. Noch nie hatte ich mich so sehr über die einfache Existenz eines Gebäudes gefreut.

Gott sei Dank. Das musste es sein.

Zu dünne Kleidung hin oder her. Gleich hätte ich erst einmal mein Ziel erreicht und würde mich aufwärmen können. Alles Weitere würde sich bestimmt klären.

Als ich auf den letzten Metern war und die Hütte, oder vielmehr das Haus, fast erreicht hatte, blieb ich stirnrunzelnd stehen. Irgendetwas stimmte hier nicht.

„Was ist *das*?“, entkam es mir ungläubig.

2. Kapitel
Hailey

Anscheinend musste ich doch irgendwie falsch sein. Das hier konnte unmöglich die Ranch sein, von der Alex erzählt hatte.

Irritiert zog ich die Karte aus dem Rucksack und warf einen akribischen Blick darauf. Hier war der Highway, da Healy in der Nähe und hier … der rote Punkt. Verwirrt ließ ich die Karte sinken und betrachtete das Holzhaus, das vor mir stand. Es war aus runden Holzstämmen erbaut, die eine warme rotbraune Farbe aufwiesen und inmitten der eingeschneiten Bäume und der weißen Weite dahinter regelrecht hervorstachen. Neben der Eingangstür auf der Veranda standen breite Skier und Schneetreter, an denen Schneeklumpen hafteten. Sie mussten erst vor nicht allzu langer Zeit benutzt worden sein.

Der helle Rauch, der aus dem Schornstein des Hauses aufstieg, und der Pick-up, der in der Einfahrt stand, deuteten darauf hin, dass jemand im Haus sein musste. Immerhin. Vielleicht konnte derjenige mich ja aufklären, ob ich hier wirklich richtig war und wenn ja, wo die Ställe und die Pferde abgeblieben waren. Darauf konnte ich mir nämlich absolut keinen Reim machen.

Alex hatte etwas von einer Ranch erzählt. Wo also war … der Rest von ihr?

Gerade, als ich einen Schritt nach vorne gemacht hatte, um an die Haustür zu klopfen, öffnete diese sich nach innen und ich erstarrte.

Aus der Tür sprintete ein großes, schwarzes Ungetüm mit vier Pfoten direkt auf mich zu. Mit voller Wucht sprang mich der Hund an und versuchte, nach meinem Gesicht zu beißen. Das war der Moment, in dem ich aus meiner Schockstarre erwachte – und aus vollem Halse schrie. „Ah!"

Verzweifelt drehte ich mich weg und riss die Arme nach oben, damit diese Bestie nicht nach ihnen schnappen konnte. Ohne Erfolg! Der Hund ließ nicht locker und ich bekam mich gar nicht mehr ein.

Meine Angst vor Hunden drohte mich zu überwältigen. Wenn mir nicht sofort jemand zu Hilfe eilte, würde ich wahrscheinlich auf der Stelle einen Herzinfarkt bekommen. Was mit ein Grund war, weshalb ich immer lauter und hysterischer schrie.

„Sky, komm her", rief plötzlich eine männliche Stimme aus Richtung der Haustür. Augenblicklich ließ der Vierbeiner von mir ab und trabte zur Veranda, wo er sich ganz offensichtlich neben sein Herrchen setzte.

Ängstlich inspizierte ich meinen Körper und meine

Klamotten, nur um festzustellen, dass offenbar noch alles heile war. Gott sei Dank. Mein Puls bebte jedoch immer noch, meine Knie waren butterweich.

„Was schreien Sie denn hier so rum?“, kam es auf einmal von dem Mann. Ich hob meinen Blick und schaute zu ihm. Er trug einen dicken Pullover im Holzfällerlook. Darunter eine dunkle Hose und ebenso dunkle Winterstiefel. In seiner rechten Hand dampfte ein Heißgetränk, mit der linken tätschelte er seinen Hund. Seine kurzen braunen Haare hatten dieselbe Farbe wie sein Bart, der definitiv schon älter als drei Tage war.

Alles in allem wirkte er lässig. Wesentlich lässiger, als ich mich gerade fühlte. Die Todesangst ließ erst Stück für Stück wieder nach.

„Was ich hier so rumschreie?“, schleuderte ich entgeistert zurück. „Ihr Hund hat mich attackiert!“

„Er hat Sie attackiert?“ Der Fremde hob misstrauisch die Augenbrauen.

Um meinen Worten mehr Nachdruck zu verleihen, verschränkte ich die Arme vor der Brust. „Ja, attackiert. Er ist an mir hochgesprungen und wollte mich beißen. Wenn Sie nicht endlich aufgetaucht wären, dann …“

„Dann was?“ Den spöttischen Ton in seiner Stimme konnte ich nicht überhören und ich wurde augenblicklich noch wütender. Doch ich versuchte, mich nicht auf dieses Niveau herunterzulassen.

„Sie wissen, was dann passiert wäre."

Der Mann nahm in aller Ruhe einen langen Schluck von seinem Getränk, ehe er nuschelte: „Einbildung ist bekanntlich auch eine Bildung."

Was hatte ich da gehört? Das war ja wohl eine Frechheit! Jetzt bröckelte mein Anstand doch noch. Gerade wollte ich zu einem Vortrag über verantwortungsbewusste Hundehaltung ansetzen und den Mann belehren, wozu es noch diese länglichen Bänder namens Leinen gab, als er mir zuvorkam. „Wer sind Sie eigentlich?"

„Mein Name ist Hailey Dun. Ich suche die *Coles Ranch.* Können Sie mir sagen, wo ich sie finde?"

3. Kapitel
Cole

Das da sollte die Aushilfe sein? Wollte Alex mich eigentlich verarschen? Dieses Püppchen überlebte hier draußen doch keine drei Tage. Je länger ich sie betrachtete, desto mehr kam ich mir vor wie in einem ganz miesen Scherz. Mit ihrer viel zu dünnen Kleidung war sie absolut unpassend angezogen, und wo war eigentlich ihr Auto? Ich bezweifelte, dass sie den ganzen Weg vom Flughafen in Fairbanks bis hierher zu Fuß zurückgelegt hatte. Das waren immerhin mehrere Stunden Fahrt.

Ich schnaubte. Wahrscheinlich hatte sie es irgendwo in eine Schneewehe gesteuert und war steckenblieben. Mindestens die Hälfte der Touristen brachte das jedes Jahr fertig.

„Sie sind Ms Dun? Sie sind die Aushilfe, die mein Bruder geschickt hat?“

Ich musste das einfach nochmal laut aussprechen, um meinen eigenen Worten tatsächlich Glauben schenken zu können.

„Anscheinend ja“, seufzte sie, als wäre ihr das Ganze in diesem Moment ebenso unangenehm wie mir. Einen glücklichen Eindruck schien sie nicht gerade zu machen.

„Sie sind also Mr Lewis?“, fragte sie etwas ungläubig.

Ich nickte zur Antwort.

„Und wo sind die Pferde?“

„Pferde? Welche Pferde?“ Sie hörte mir die Überraschung in meiner Stimme ganz sicher an. Von was redete sie da?

Als wäre ich ein bisschen minderbemittelt, machte sie mit ihren Armen eine ausladende Bewegung. „Na, die Pferde. Die Ställe, die Scheunen, die Pferde eben.“

Und nachdem ich sie immer noch ratlos anglotzte, fuhr sie genervt fort: „Alex sagte, Sie haben eine Ranch, auf der ich aushelfen soll.“

Ah, jetzt kapierte ich es. Sie dachte ganz offensichtlich, ich hätte ein ähnliches Gestüt wie Alex und würde mit Ausflügen und Reitunterricht meinen Lebensunterhalt verdienen. Tja, da musste ich sie leider enttäuschen.

„Ich habe eine Ranch. Allerdings ist es keine Pferderanch, sondern eine Huskyranch.“

Damit hatte ich ganz offensichtlich nicht das Richtige gesagt, denn ich konnte mitansehen, wie die Haut in Haileys Gesicht an Farbe verlor. „Was?“

„Hatte Alex das etwa nicht erzählt?“, hakte ich nach und kam mir wie ein Trottel vor. Nein, hatte er allem Anschein nach nicht.

„Nein, das hat er nicht erwähnt“, bestätigte sie meinen Gedanken und fummelte an ihrer Mütze herum. Sie wirkte, als würde sie gleich in Ohnmacht fallen. Wahrscheinlich um diesem Gefühl zu entgehen, begann sie auf und ab zu tigern. „Halten Sie dieses Monster ja gut fest“, rief sie mir währenddessen zu.

Ich tätschelte Skys Kopf, die mit ihren stechend blauen Augen zu mir aufsah und mit ihrem buschigen Schwanz wedelte.

„Sagen Sie jetzt bloß, Sie haben Angst vor Hunden?“ Das konnte doch nicht wahr sein! Alex schickte mir jemanden an seiner Stelle, der nicht nur keine Ahnung von Hunden hatte, sondern sich auch noch vor ihnen fürchtete. Ich hätte mich selbst um eine Aushilfe bemühen müssen, ich wusste es. Mein Bruder hatte mal wieder Mist gebaut. Wenn er nur nicht wie verrückt darauf bestanden hätte, selbst Ersatz zu schicken.

Das hatte ich nun davon, ihm nachzugeben.

Ich konnte nicht anders, auch wenn ich wusste, dass sie genau genommen nichts dafür konnte: „Was soll das? Alex hat gesagt, er schickt einen seiner besten Leute.“

Oh, das hätte ich nicht laut aussprechen dürfen. Zornig fuhr sie zu mir herum und machte zwei mutige Schritte auf mich zu. Trotz Bestie an meiner Seite. „Ich *bin* einer seiner besten Leute. Ich bin großartig im Erstellen von Bilanzen und Prüfen des Jahresabschlusses. Ich koordiniere alle An- und Verkäufe und …“

„Sie arbeiten nicht mal mit Tieren?“, entfuhr es mir entsetzt.

„Nein!“, brüllte sie aufgebracht. „Ist das ein Problem für Sie?“ Augenscheinlich war es auf jeden Fall eines für sie, so viel ließ sich nicht verheimlichen.

Und ja, es war auch eines für mich. Was sollte ich mit jemandem auf einer Huskyranch anfangen, der Angst vor Hunden hatte? Das wäre, als wäre man ein Rettungsschwimmer, der nicht schwimmen konnte.

„Okay“, versuchte ich sie erst einmal zu besänftigen. Das hier brachte uns nicht weiter. Zudem wurde es mit jeder Minute kälter und die dichte Wolkendecke am Himmel kündigte bereits neuen Schnee an. „Ich würde vorschlagen, wir gehen erstmal rein und besprechen alles Weitere bei einer Tasse Kaffee.“

Ich machte Anstalten, die Tür zu öffnen, als ich sie hinter mir fragen hörte: „Und der Hund?“

„Was ist mit dem Hund?“ Ich blickte hinab zu Sky, die an meinen Fingern leckte. Ein Zeichen von Zuneigung.

„Der Hund kommt mit rein“, erklärte ich, als wäre es das Normalste von der Welt. Was es ja auch war.

„Dann bleibe ich lieber hier. Dieses Vieh wollte mich töten!“

Ich stöhnte genervt. „Seien Sie nicht albern. Sie können nicht hier draußen bleiben. Und außerdem wollte Sky Ihnen nichts tun. Sie wollte Sie nur begrüßen. Sie ist nun mal etwas stürmisch. Aber ich versichere Ihnen, sie ist der liebste Hund aus meinem Rudel."

Ihre Augen weiteten sich entsetzt. „Rudel? Wie viele Hunde haben Sie denn?"

Wie viele Hunde habe ich wohl, wenn ich eine Ranch betreibe, dachte ich genervt und musste mich beherrschen, nicht Daumen und Zeigefinger auf den Punkt auf meinem Nasenrücken zwischen meinen Augen zu drücken. „Ich würde sagen, das erkläre ich Ihnen alles im Haus."

Hailey tappte unsicher von einem Fuß auf den anderen. Offenbar war ihr ebenso kalt wie mir.

„Können Sie ihn nicht in einen Zwinger oder so tun?", fragte sie nun und klang dabei allmählich ein bisschen verzweifelt.

„Sky ist krank. Ich war vorhin mit ihr beim Tierarzt. Deshalb hält sie sich aktuell im Haus auf", erklärte ich ihr. „Aber ich mach Ihnen einen Vorschlag. Ich bringe Sky in ein anderes Zimmer und sag Ihnen danach Bescheid."

War es Mitleid, das mich dazu ritt, nachzugeben? Vermutlich schon. Wie sollte man auch keins haben, wenn jemand lieber erfror, als in ein Haus zu gehen, wo sich ein Hund aufhielt?

Ich sah ihr an, dass ihr das immer noch nicht ganz recht war. Aber schließlich stimmte sie zu. „Okay."

Ich betrat mein Haus und sperrte Sky ins Gästezimmer, ehe ich durch die Haustür rief: „Alles klar."

4. Kapitel
Hailey

Wehe, er verarscht mich, dachte ich säuerlich, als ich die Hütte betrat und die Tür hinter mir schloss.

Misstrauisch blickte ich mich um. Die Luft war rein. Erleichtert stellte ich fest, dass nirgendwo ein Hund zu sehen war.

Diese Tatsache und die warme Luft, die meinen Körper einhüllte, stimmten mich augenblicklich etwas gütlicher.

„Sie können Ihre Jacke dort aufhängen.“ Mr Lewis zeigte auf den rustikalen Kleiderständer neben der Tür, während er eine Tasse aus einem der moderneren Hängeschränke über der Küchenzeile nahm.

Langsam zog ich meine Mütze und den Schal aus und schälte mich aus meiner Jacke. Dabei betrachtete ich zum ersten Mal die Inneneinrichtung genauer.

Dem Aussehen von Mr Strubbel nach zu urteilen hatte ich mit einer Junggesellenbude mit einem leicht muffigen Geruch und jeder Menge Hundehaaren auf den Möbeln gerechnet. Doch zu meinem

Erstaunen stellte ich fest, dass die Wohnung überraschend aufgeräumt war. Nicht nur das: Alles an ihr wirkte warm und einladend.

Angefangen bei dem Wohnbereich im hinteren Teil des Raumes, den neben einem einfachen Fernseher eine mit Steppdecken überzogene Couch und ein Sessel füllten. Das Highlight war jedoch ganz klar der steinerne Kamin, der an der Wand den Wohnbereich mit der Küchenzeile links von mir verband. In ihm knackte brennendes Trockenholz, welches den Raum nicht nur mit seiner Wärme, sondern auch mit seinem nach Tanne duftenden Geruch erfüllte. Und der bewirkte, dass ich mich mit einem Schlag heimelig fühlte.

Rechts von mir erstreckte sich ein kleiner Arbeitsbereich mit Schreibtisch, Telefon und weiteren Utensilien. Hinter ihm an der Wand hingen einige Umgebungskarten. Vermutlich steuerte Mr. Lewis von hier aus sein Geschäft. Zumindest einen Teil davon.

Im hinteren Teil besaß die Hütte ein abgetrenntes Zimmer und daneben eine Holztreppe, die in die obere Etage unters Dach führte. Was sich dort wohl noch so befand?

Tatsächlich könnte es mir hier gefallen, dachte ich etwas zuversichtlicher als noch vor ein paar Minuten.

Wenn da nicht einige Hundebetten und Decken wären, die in der Wohnung verteilt lagen. *Aber jetzt momentan ist kein Hund hier,* versuchte ich mich wieder zu beruhigen. Gerade als meine innere Stimme ansetzen wollte, mir zu erklären, dass das ganz und gar nichts besser machte, wurde ich von Mr Lewis Worten unterbrochen: „Wo ist eigentlich Ihr Fahrzeug?“

Er schenkte mir einen Kaffee ein, stellte ihn auf den Tresen vor sich und bedeutete mir, an dem Sitzbereich vor der Küchenzeile Platz zu nehmen.

„Mein Fahrzeug?“

Er zuckte mit den Achseln und schenkte sich selbst ebenfalls eine Tasse ein. „Ja, Ihr Auto. Mit dem Sie vermutlich hergekommen sind.“

Natürlich! Ich Idiotin. Wie hatte ich das nur nicht kapieren können. Peinlich, peinlich, Hailey. Allerdings wurde es gleich noch peinlicher und instinktiv wurde ich rot. Obwohl es mir strenggenommen gar nicht unangenehm sein sollte. Immerhin konnte ich nichts dafür, dass der Winterdienst bei seiner Arbeit pfuschte.

„Ich bin im Schnee zu Ihrer Auffahrt steckengeblieben“, sagte ich kleinlauter als beabsichtigt.

„Steckengeblieben?“ Er runzelte die Stirn. „Mit einem Allrad?“

„Ich hatte keinen Allrad. Es ist nur ein Kombi“, gab ich zu und kaute auf meiner Unterlippe rum. Eine doofe Macke, die immer wieder zum Vorschein kam, wenn ich mich unwohl fühlte.

Mr Lewis nickte nur leicht und sagte: „Ah.“ Ich war mir sicher, dass ihm der nächste dumme Spruch schon auf den Lippen lag. Aber zu meiner Erleichterung verkniff er sich ihn. „Kein Problem. Ich rufe Al an. Der kümmert sich darum."

Ich nickte und bedankte mich, obwohl ich keine Ahnung hatte, wer dieser Al war. Kurz darauf sah ich Mr Lewis zu, wie er mit diesem besagten Al telefonierte.

„Nein, kein Allrad", hörte ich ihn sagen, und am anderen Ende der Leitung wurde es augenblicklich etwas lauter.

Am liebsten hätte ich mich so klein wie möglich gemacht, stattdessen versteckte ich mich so gut es ging hinter der heißen Tasse Kaffee.

„In Ordnung", beendete Mr Lewis das Gespräch und wandte sich wieder mir zu. „Er kommt in einer halben Stunde vorbei und schleppt das Auto ab. Ich habe ihm vorgeschlagen, den Wagen mit nach Healy zu nehmen und bei sich unterzustellen. Hier draußen können Sie mit einem Opel Astra nicht viel anfangen."

Ich nickte lediglich. Er hatte recht, auch wenn ich das nicht so offensichtlich zugeben wollte. Das Auto würde mir überhaupt nichts nützen, wenn ich ständig mit ihm im Schnee einsackte.

„Für die Zeit, in der Sie hier sind, können Sie meinen Wagen benutzen. Der fährt sich nirgendwo fest", erklärte er mir und ich konnte das Schmunzeln in seinen Worten deutlich hören. Wahrscheinlich grinste er sogar hinter seiner Tasse!

Okay, soll er seinen Spaß haben. Von mir aus, dachte ich so erwachsen wie möglich.

„Aber was wird aus meinen Sachen?“, fiel mir plötzlich ein. Mein gesamtes Gepäck für die nächsten drei Wochen befand sich immerhin auf dem Rücksitz und im Kofferraum des Opels.

Mr. Lewis schaute auf seine lederne Armbanduhr. „Wenn wir sie noch holen wollen, sollten wir jetzt aufbrechen. In einer halben Stunde wird es dunkel.“

„Dann los.“ Ich hüpfte von dem hohen Stuhl. Dabei bemerkte ich zum ersten Mal, wie schwer meine Beine geworden waren. Der lange Flug sowie die anschließende Fahrt und der unerwartete Krawallmarsch durch den Schnee hatten mich ganz schön geschafft. Trotzdem wollte ich auf keinen Fall nach diesem langen Tag ohne meine eigenen Sachen dastehen. Er war so schon abenteuerlich genug gewesen.

Was mich wieder an meinen Chef denken ließ, der mir das Ganze eingebrockt hatte.

Er wusste genau, wie groß meine Angst vor Hunden war. Selbst unserem Hofhund Lucky, eine bunte Mischung aus Jack-Russel-Terrier und Dackel, der immer zwischen den Pferden umhersprang, ging ich aus dem Weg. Auch wenn er wirklich lieb war und selbst wenn er wollte, keinen großen Schaden anrichten konnte. Was zum Teufel hatte sich Alex nur dabei gedacht, mir nichts von den Huskys zu erzählen? Das musste er mir unbedingt erklären. Und das besser jetzt als später.

„Kann ich vorher noch schnell mit Alex telefonieren?“ fragte ich und kramte das Handy aus meinem Rucksack. Er hatte es mir mit dem in Alaska üblichen Tarif besorgt, damit es auch in diesem Handynetz funktionierte.

Mr Lewis hatte sich ebenfalls bereits erhoben und eine Jacke übergezogen. „Können Sie. Da gibt es nur ein Problem. Es gibt nur eine Stelle auf dem gesamten Gelände, an der Sie Empfang haben. Und die ist draußen im Wald auf einer kleinen Anhöhe.“

Oh, na toll. Das war ja klar. Wir waren ja immerhin mitten im Nirgendwo. Oder wie ich stets zu sagen pflegte: am Arsch der Welt.

Prinzipiell würde mir das überhaupt nichts ausmachen. Ich war nicht gerade süchtig nach meinem Handy. Aber gerade jetzt, in dieser *besonderen* Situation, musste ich wirklich ganz dringend telefonieren.

„Hey, ich schlag Ihnen was vor. Ich zeig Ihnen den Platz und hole in der Zeit Ihre Sachen. Nachher in der Dunkelheit würde ich nämlich nicht mehr anrufen wollen, wegen der Bären und Wölfe und so.“

Ungläubig schaute ich Mr Lewis hinterher, wie er zu seinem Jeep stiefelte und schon mal den Motor startete. Hatte er da gerade Bären und Wölfe gesagt?

5. Kapitel
Hailey

„Was hast du dir nur dabei gedacht, Alex?“, fauchte ich in den Hörer, während ich mich immer wieder im Kreis drehend nach irgendwelchen wilden Tieren, die mich potentiell fressen wollten, umschaute. Was wenigstens auch gegen die beißende Kälte half, die an meinen Gliedern nagte. Der Schnee an meinen Hosenbeinen war mittlerweile aufgetaut und der nasse Stoff rieb unangenehm kalt auf meiner Haut.

„Oh, du hast es also herausgefunden“, hörte ich ihn sagen. Kurz darauf lachte er auf.

„Findest du das auch noch witzig?“ Fassungslos schaute ich in die Ferne. Wie konnte er das nur komisch finden? Er wusste nur zu gut von meiner panischen Angst vor Hunden. „Ich habe Angst vor Hunden“, erklärte ich trotzdem noch einmal zum besseren Verständnis.

„Das sind keine Hunde. Das sind *Huskys*“, entgegnete er, als würde das alles ändern.

Trotzig wippte ich mit dem rechten Fuß und verschränkte die Arme vor der Brust. „Ach, und das macht es jetzt etwa besser?“

„Ja, natürlich." Schon wieder lachte er und trieb mich damit zur Weißglut. Ich mochte Alex wirklich. Er war der tollste Chef, den ich mir nur wünschen konnte. Er war verständnisvoll, hilfsbereit und hatte einen lockeren Humor. Doch gerade wegen dieses Humors hätte ich ihn in diesem Moment am liebsten gegen die nächste Wand geklatscht. Wenn er in Griffweite gewesen wäre. Und eine Wand.

„Der Deal war gewesen, dass ich auf einem Gestüt aushelfe, Alex."

„Nein, nein, nein. Von Gestüt war nie die Rede gewesen. Sondern von einer Ranch."

Gleich würde ich ganz sicher eskalieren. „Das hättest du mir sagen müssen!", brüllte ich fast.

„Wenn ich dir gesagt hätte, dass es eine Huskyranch ist, wärst du nie gefahren", erklärte er mir und ich wäre ihm am liebsten durch das Telefon an die Gurgel gesprungen. Jetzt wurde mir so einiges klar.

„Ist das dein Ernst? Du hast es mir nicht gesagt, damit du dir keine andere Aushilfe suchen musstest?"

Doch schnell hakte Alex ein. „Darum geht es mir doch gar nicht, Hailey. Du bist nicht gerade der Typ, der sich auf etwas Neues einlässt. Du magst dein gewöhntes Terrain, was ich verstehen kann. Aber ab und an ist es nicht verkehrt, mal etwas anderes auszuprobieren. Und sich seinen Ängsten zu stellen."

Alex' Worte hallten in mir nach und ich lehnte mich an den Baumstamm neben mir. Das wollte er also. Ich schnaubte. Wütend darüber, dass er mir nicht zutraute, mich selbst zu angemessener Zeit mit bestimmten Dingen auseinanderzusetzen.

„Hailey, ich mag dich wirklich."

„Und weil du mich so magst, hast du mich hierher geschickt? Aufgrund einer Lüge?" Das konnte ich mir einfach nicht verkneifen. Chef hin oder her.

„Ja, weil ich dich so mag, habe ich nichts gesagt. Damit du die Chance bekommst, deine ganz eigenen Erfahrungen zu machen." Seine Stimme wurde noch eine Spur sanfter. „Ich weiß, dass du grandios mit Zahlen und Bilanzen bist. Aber das wahre Leben findet hier draußen statt. Und ich denke, ab und zu täte es dir ganz gut, das auch festzustellen."

Ich schnaufte. Alex' Gestüt war ein Familienbetrieb, in dem jeder jeden kannte. Meistens viel zu gut. Es war kein Geheimnis, dass ich mich lieber hinter meinen Tabellen versteckte, als mit den Reitschülern einen Plausch zu halten. Was mein absolut extrovertierter Chef so nicht stehenlassen konnte. Aus Gründen, die sich mir einfach nicht erschlossen.

Er hatte unrecht. Ich verpasste gar nichts. Mein Leben war gut so, wie es war. Vielleicht ein bisschen langweilig. Nein, stetig. Und stetig war gut.

„Glaub mir, es wird dir da oben gefallen. Die Landschaft ist ein Traum, die Hunde sind absolut liebenswürdig und auch Cole ist in Ordnung. Selbst wenn er manchmal etwas ruppig rüberkommt."

Von der Landschaft hatte ich bisher so gut wie nichts gesehen, was hauptsächlich an dem heutigen trüben Wetter lag. Ich war umringt von einer Horde Hunde – ein wahrgewordener Albtraum. Und was Cole anging, konnte ich die Sache nur schwer einschätzen.

Vorhin hatte ich ihm angesehen, dass er ebenfalls nicht wirklich zufrieden mit der Wahl war, die Alex getroffen hatte. Käme er überhaupt mit mir die nächsten Wochen klar? Aktuell hatte ich da so meine Zweifel.

„Ach, Alex“, seufzte ich und starrte zwischen den Fichten zu Coles Haus in der Ferne. In der Auffahrt entdeckte ich Licht. Anscheinend war er bereits zurück.

„Hailey, ich bitte dich nur, es zu versuchen. Wenn du wirklich feststellst, dass es dir nicht gefällt, werde ich mich selbstverständlich um Ersatz kümmern. Aber glaub mir, ich kenne dich. Es wird dir guttun. Du darfst nur nicht gleich den Kopf in den Sand stecken.“

Am liebsten hätte ich ihm geantwortet, dass er sich auf der Stelle um Ersatz bemühen sollte. Doch da war einerseits das schlechte Gewissen, das nach wie vor an mir nagte. Und noch etwas anderes, was viel tiefer ging. Und was mich davon abhielt, sprichwörtlich den Kopf in den Sand zu stecken. Oder vielmehr in den Schnee.

Jetzt, wo es irgendwie ohnehin zu spät war.

„Na schön, ich probiere es“, ließ ich mich schließlich breitschlagen und dachte dennoch insgeheim: *Das wirst du mir büßen, Alex Lewis.*

6. Kapitel
Cole

„Geh schon ran, du Mistkerl“, fluchte ich vor mich hin, während ich die Bullenbeine vor mir für das Hundefutter vorbereitete. Der ganze Schuppen roch mittlerweile nach Abendessen, was besonders die penetrante Pansennote unterstrich. Zumindest für die Hunde.

Ich hatte Hailey erst einmal auf ihr Zimmer geschickt. Mit der Erklärung, dass sie sich einrichten und etwas ausruhen sollte. Außerdem war Kaya vor wenigen Minuten mit dem zweiten Gespann zurückgekommen und ich hielt es nicht für die beste Idee, ihr das Rudel im Dunkeln vorzustellen. Wenn sie schon auf einen einzelnen schwanzwedelnden Hund bei Tageslicht derart … panisch reagierte.

Schmunzelnd musste ich an ihre Begegnung mit Sky vor einigen Stunden zurückdenken. Ich kannte niemanden, wirklich *niemanden*, der solch eine ausgeprägte Angst vor Hunden hatte. Weder in Healy, noch darüber hinaus.

Was mich zurück zu meinem eigentlichen Problem brachte.

„Cole?“, meldete sich endlich die Stimme am anderen Ende der Leitung.

„Was soll das?“, schimpfte ich direkt auf das laut gestellte Handy ein, während ich mit meinen Händen jetzt Innereien zerkleinerte. „Du schickst mir ein Mädchen, das Angst vor Hunden hat?“

„Erst einmal ist sie kein Mädchen mehr, sondern eine erwachsene Frau. Und zweitens: Ängste kann man überwinden.“

Ich schnaubte aufgebracht: „Und dafür hast du dir ausgerechnet meine Hochsaison ausgesucht, in der ich jede *hilfreiche* Hand gebrauchen kann?“

Das sollte wohl ein schlechter Scherz sein. Manchmal verstand ich meinen Bruder beim besten Willen nicht. Kapierte er nicht, in welche Schwierigkeiten er mich damit brachte?

„Sie hat definitiv zwei hilfreiche Hände. Sie kümmert sich hervorragend um meine Buchhaltung und …“

„Buchhaltung“, zischte ich. „Ich brauch jemanden, der mit Hunden arbeiten kann!“

„Und der die Buchhaltung für deine Aufträge abarbeitet“, entgegnete er vollkommen überzeugt. „Hailey lernt schnell. Alles andere wird sie innerhalb der nächsten Tage beherrschen.“

Am liebsten hätte ich ihn auf der Stelle durch den Hörer gezogen und seinen Kopf in die fleischige Masse vor mir auf dem Tisch getunkt. „Ich habe keine

Zeit jemanden anzulernen! Nicht jetzt. Und falls du es immer noch nicht verstanden hast: Sie hat Angst vor Hunden. Wahnsinnige Angst. Ohne Mist. Als Sky sie vorhin begrüßt hat, hätte sie beinahe einen Herzinfarkt bekommen."

„Ängste kann man überwinden, Cole", wiederholte Alex trotzig.

War ja klar, dass er dieses Totschlagargument brachte.

Ermüdet von der Diskussion stützte ich mich auf die Tischplatte vor mir. „Alex, das wird nicht funktionieren", stellte ich so sachlich wie möglich fest.

„Das wird es. Glaub mir. Gib dem ganzen nur eine Chance."

Ich stöhnte genervt auf. Das brachte alles nichts.

Hailey war hier und ich war auf sie angewiesen. So kurzfristig würde ich keine andere Aushilfe mehr bekommen, und Kaya und ich allein würden nicht alle Aufgaben abdecken können. Die nächsten Tage waren mit Touren restlos ausgebucht.

In diesen sauren Apfel, den mir mein kleiner Bruder vorgesetzt hatte, würde ich beißen müssen.

„Ich habe wohl kaum eine Wahl", schloss ich. Nur um mir von Alex noch anhören zu dürfen: „Irgendwann wirst du mir noch dankbar sein, großer Bruder."

7. Kapitel
Hailey

Obwohl ich total müde war, fand ich einfach nicht in den Schlaf. Unruhig wälzte ich mich von einer Seite auf die andere, bis ich schließlich auf dem Rücken liegenblieb und zur holzgetäfelten Decke über mir starrte.

Gleich nachdem Cole zurückgekommen war, hatte ich mit seiner Hilfe meine Sachen in die Hütte gebracht und mich kurz darauf für den Rest des Abends in das Gästezimmer zurückgezogen, welches er mir kurz zeigte.

Es stellte sich als der Raum hinter dem Arbeitsbereich heraus. Er war nicht besonders groß, aber durch die Gardinen an den Fenstern zu beiden Seiten, seiner Holzoptik, dem schmalen Bett in einer Ecke und einigen Tisch- und Leselampen wirkte er genauso gemütlich wie der Rest des Hauses. Besonders erfreut war ich über den kleinen Waschbereich in der anderen Ecke des Raumes. Über eine weitere Tür erreichte ich meine eigene Toilette mit einem Waschbecken und einer schmalen Dusche. Kein Luxus, aber wesentlich besser als sich ein Bad mit einem wildfremden Mann teilen zu müssen.

Und das Beste: Ich musste nicht durch das ganze Haus schleichen, wenn ich nachts doch mal aufs Klo musste. Was ohnehin nicht in Frage kam, weil sich ja der Hund namens ‚Sky' in der Hütte aufhielt. Zusammen mit seinem Herrchen.

Den hatte ich übrigens seitdem auch nicht nochmal gesehen. Auf das Abendessen hatte ich verzichtet. Nach der heißen Dusche war ich einfach zu fertig gewesen, als dass ich mich nochmal aufraffen konnte, etwas zu essen.

Und dennoch war ich aktuell wacher als vorher. Wobei, das konnte man eigentlich nicht sagen. Ich war immer noch mehr müde als wach.

Genau genommen waren es meine Gedanken, die mich wachhielten. Der Tag war unerwartet aufregend gewesen, und noch immer konnte ich nicht fassen, was hier eigentlich passiert war. Und was mir Alex damit eingebrockt hatte.

Aber, auch wenn ich es wirklich ungerne wollte, er hatte recht mit dem, was er mir am Telefon gesagt hatte. Tief in meiner Selbst musste ich mir das eingestehen. Vielleicht hatte ich mich in letzter Zeit tatsächlich ein wenig zu sehr zurückgezogen. Und vielleicht würde mir der Tapetenwechsel tatsächlich guttun.

Wenn da nur nicht die Hunde wären …

Das stellte definitiv ein Problem dar, welches nicht

so einfach zu lösen war. Aber sie waren ein Teil des Ganzen. Und sie würden mich wohl oder übel die nächsten Wochen beschäftigen.

Diesen Gedanke zu akzeptieren, fiel mir immer noch am schwersten: Manchmal musste man sich seinen Ängsten stellen.

Klang dumm, war es wahrscheinlich auch. Aber ich war fest entschlossen, diese Aktion durchzuziehen.

Nicht nur, um meinen Chef trotz allem nicht zu enttäuschen. Sondern auch, weil mehr und mehr der Ansporn in mir wuchs, nicht scheitern zu wollen. So, wie es meine halbe Familie schon mein ganzes Leben lang vorhergesagt hatte.

Keine Frage, ich mochte meine Eltern und meine große Schwester. Was aber nichts an der Tatsache änderte, dass ich mich schon immer bevormundet gefühlt hatte. *Bevormundet* traf es vielleicht nicht ganz.

Seit ich denken konnte, wurde an mir *herumgemeckert*.

„Hailey, willst du dir nicht mal mehr Mühe in der Schule geben?“

(Obwohl meine Noten nie schlechter als ein C waren.)

„Hailey, findest du nicht, du hast ein paar Pfunde zu viel auf den Rippen?“

(Obwohl ich nicht zu dick, sondern einfach nur nicht gertenschlank war.)

„Hailey, wird es nicht langsam Zeit, dir einen festen Partner zu suchen und eine Familie zu gründen? Deine biologische Uhr tickt schließlich."

(Das ließ ich jetzt einfach mal unkommentiert so stehen.)

Wenn ich jetzt schon das Handtuch warf, würde ich mir die Enttäuschung meiner Familie bis zum Jahresende anhören können. Besonders über die Weihnachtsfeiertage, wenn ich bei ihnen in Atlanta war. Und darauf hatte ich wirklich keine Lust.

Na, schon verirrt, kam mir Kimmys erster Satz von unserem Telefonat vorhin in den Sinn und ich zog eine Grimasse.

Im Gegenteil. Ich würde es ihnen beweisen! Ich würde ihnen zeigen, dass ich die Angst vor diesen vierbeinigen Monstern verlieren oder mich zumindest darum bemühen konnte. Und ich würde selbstbewusster und gestärkter zurückreisen.

Genau, das war der Plan, Hailey!

8. Kapitel
Cole

Meine Hand schwebte über der Türklinke zum Gästezimmer. Es fühlte sich seltsam an, nach so langer Zeit wieder jemanden in meinem Haus zu beherbergen und nicht allein zu sein. Mal abgesehen von Alex, aber der gehörte zur Familie und zählte damit nicht. Es schien, als hätte ich glatt vergessen, wie man sich in Gegenwart einer fremden Frau zu benehmen hatte.

Sollte ich die Tür aufmachen und sie von hier aus wecken? Nein, lieber nicht. Zum Schluss dachte sie noch, ich wäre dieser Irre aus dem Wald und würde sie bespannern wollen. Noch schlimmer: Wenn ich die Tür aufstoßen würde, wäre sie vielleicht bereits wach und würde nackt durch das Zimmer hüpfen.

Wobei, so schlimm war die Vorstellung bei genauerer Betrachtung gar nicht. Immerhin war sie mit ihrem langen, leicht gelockten Haar, den weichen Gesichtszügen und den angedeuteten Rundungen hübsch anzusehen.

Was ist nur mit mir los, schalt ich mich innerlich. Ich kannte diese Frau seit nicht einmal vierundzwanzig Stunden und alles, was ich bisher über sie wusste, war, dass sie mir definitiv die nächsten Tage Arbeit machen würde. Da waren solche Gedanken wahrlich nicht angebracht!

Ich entschied mich schließlich, drei Mal heftig zu klopfen und sie mit den Worten: „Aufstehen, die Hunde haben Hunger“, zu wecken.

So, fertig mit dieser elenden Grübelei.

Es dauerte gute zwanzig Minuten, in denen ich bereits den ersten Kaffee aufsetzte, als das zombieähnliche Lebewesen namens Hailey Dun aus dem Zimmer lief. Okay, taumelte. Laufen konnte man das definitiv nicht nennen.

Sie trug ein Hemd mit Karomuster, das ihr etwas zu groß war, und eine schwarze Jeans. Wie gestern auch, war sie mal wieder viel zu dünn angezogen.

Ich wollte sie schon darauf hinweisen, doch sie unterbrach mich. „Wie viel Uhr ist es eigentlich?“ Ihre Stimme war kratzig, die ebenso wie ihre zwar gekämmten, aber immer noch leicht zerzausten Haare noch nicht bereit für den Tag zu sein schien.

Ich schaute auf meine Armbanduhr und las vor: „Halb acht.“ Was mit Sicherheit nicht zu früh war, zumindest für meine Verhältnisse. Hailey hingegen sah aus wie auf Entzug.

Auf Schlafentzug.

Ich musste mir ein Schmunzeln verkneifen und wollte gerade nach meiner Jacke greifen, als Hailey plötzlich hellwach war und einige Schritte nach hinten stolperte.

„Oh, Mist“, brachte sie lediglich heraus und starrte in die Ecke neben der Couch. Dort lag Sky in ihrem Körbchen und begann bei Haileys Anblick sofort mit dem Schwanz zu wedeln. Ich hatte sie ganz vergessen.

„Sie brauchen sich keine Sorgen zu machen, Ms Dun. Ich habe Sky auf ihren Platz geschickt und dort bleibt sie so lange, bis ich ihr die Freigabe erteile, aufzustehen.“

Innerlich raufte ich mir die Haare und fragte mich bereits, was das gleich werden sollte, wenn sie die anderen elf Hunde meines Rudels kennenlernen würde.

Hailey ignorierte meine Worte vollends und starrte weiterhin schockgebannt zu Sky.

Langsam trat ich zu ihr, um sie nicht weiter zu erschrecken. Auch wenn es mir schwerfiel, in dieser ulkigen Situation sachlich zu bleiben, gab ich mein Bestes. Da mussten wir jetzt wohl gemeinsam durch.

„Regel Nummer eins: Du darfst niemals einen fremden Hund anstarren“, erklärte ich ihr und entschied mich kurzerhand dafür, zu einer persönlicheren Anrede zu wechseln. Hailey drehte vorsichtig ihren Kopf zu mir. Sie traute dem Frieden immer noch nicht, dass Sky wirklich dort liegenblieb. „Es provoziert sie“, fuhr ich fort. „Wenn Hunde sich untereinander anstarren, fordern sie sich gegenseitig heraus. Ähnlich ist es, wenn wir das Gleiche bei ihnen machen. Daher fährst du schon mal sehr gut damit, sie einfach nicht anzustarren und am besten sogar zu ignorieren."

Hailey nickte zögerlich und hörte auf, in Skys Richtung zu schauen. Sehr gut.

„Regel Nummer zwei: Hunde spüren die Gefühle von uns. Sie wissen instinktiv, wie wir drauf sind. Sie merken, wenn wir Angst vor ihnen haben. Gerade dann sind sie noch neugieriger als sonst und versuchen, zu einem durchzudringen. Deshalb darfst du dich nicht fürchten, wenn sie zu dir kommen. Reiß nicht die Arme hoch und fang nicht an zu schreien. Halte ihnen einfach deine Hand hin, damit sie an dir schnuppern und dich kennenlernen dürfen. Und wenn sie dir zu stürmisch sind, schubst du sie mit dem Knie einfach sanft weg."

„Okay", antwortete sie leicht atemlos. Ich war ehrlich überrascht, dass sie mich überhaupt ausreden ließ. Gerade nach dem Aufstand, den sie gestern in meiner Einfahrt geprobt hatte. Es schien, als hätte sich über Nacht etwas grundlegend verändert.

„Und die letzte und wichtigste Regel: Es sind Huskys, keine Hunde. Diese Rasse ist bekannt für ihren Sturkopf, aber auch für ihr absolut liebenswertes Gemüt. Die meiste Zeit des Tages wollen sie eigentlich nur rumalbern und gekuschelt werden. Daher hast du dir quasi die beste Rasse ausgesucht, um dich deiner

Angst zu stellen“, schloss ich und hob meine Mundwinkel zu einem Lächeln.

Es fühlte sich an, als wäre es gezwungen, was mit Sicherheit daran lag, dass ich meine Lippen schon lange nicht mehr dafür benutzt hatte. Zumindest nicht, um eine andere Frau zu beruhigen.

„In Ordnung“, antwortete Hailey und ich nickte in Richtung Sky. „Sie bleibt liegen, keine Angst. Apropos, es wird Zeit, dass du den Rest des Rudels kennenlernst“, drängte ich nun, da die Hunde nicht zu spät gefüttert werden durften. Für die Touren durfte ihr Magen nicht zu voll sein.

Hailey nickte, erst zögernd, dann immer selbstsicherer, und ich konnte nur staunen. Das alles hier kostete sie ziemlich viel Überwindung, doch sie schien sich die beste Mühe zu geben. Etwas, dass ich nach gestern nicht erwartet hatte und mich neugierig stimmte.

Vielleicht hatte Alex ja recht und sie lernte tatsächlich schnell, damit die nächsten Wochen keine Vollkatastrophe werden würden.

9. Kapitel
Hailey

Der Rest des Rudels war kein Vergleich mit Sky. Die Hündin war im Gegensatz zu dem, was sich vor mir abspielte, die Ruhe in Person gewesen. Oder eher in Hund.

Wie wild gewordene Wölfe hüpften die Huskys an dem locker zweieinhalb Meter hohen Maschendrahtzaun hoch und protestierten lautstark mit einer Mischung aus Bellen und Jaulen. Einige sprangen auf die provisorischen kleinen Hütten mit einem flachen Dach und einem schmalen Eingang, andere rollten sich durch den teilweise plattgetrampelten Schnee im Auslauf. Und zwei von ihnen stritten sich abseits von ihnen knurrend um ein …? War das etwa ein Knochen?

Da würde ich ganz bestimmt niemals reingehen. Da konnte mir Cole sonst was erzählen. Das kam überhaupt nicht in Frage. Ich stellte mir vor, wie ich an Stelle des Knochens geriet … und sah sie mich augenblicklich mit Haut und Haaren fressen.

Immerhin war ich vollkommen fremd für sie, und waren Hunde in Gruppen nicht ohnehin angriffslustiger, weil sie sich stärker fühlten?

Glücklicherweise hatte ich das Cole nicht sagen brauchen. Er hatte von sich aus entschieden, dass ich erstmal nur von außen zugucken sollte, wie er sie fütterte. Wahrscheinlich hatte er mir anhand meines verstörten Gesichtsausdrucks angesehen, was ich davon hielt, den weitläufigen Zwinger zu betreten.

Und außerdem war ich gerade eben schon bei Sky über mich hinausgewachsen. Schon seit einer Ewigkeit war ich keinem Hund mehr so nahegekommen. Mein Herz hatte mir zwar bis zum Hals geschlagen, und alles in mir hatte geschrien, besser schleunigst das Weite zu suchen, doch ich war standhaft geblieben und deswegen tatsächlich unglaublich stolz auf mich. Auch wenn genau genommen nichts passierte, außer dass ich nicht ausgeflippt war.

Anscheinend hatte das sogar Cole erkannt, weshalb er mich jetzt vorerst mit einer weiteren Konfrontation verschonte.

Hinter mir näherten sich Schritte und er trat an meine Seite. In seiner einen Hand trug er einen großen Eimer, in dem eine übelriechende Masse trieb, die ich aufgrund der noch fahlen Lichtverhältnisse nicht identifizieren konnte.

Im Osten ging gerade erst die Sonne auf, die Scheinwerfer am Zwinger reichten nicht ganz bis zu uns. Erst jetzt bemerkte ich die Bergkette, die hinter den Wipfeln thronte und für die ich gestern keinen

Nerv gehabt hatte. Ihre Gipfel waren schneeweiß und glitzerten in den ersten Sonnenstrahlen, die sich sanft über sie schoben. Der Anblick nahm mich derart gefangen, dass Coles Worte beinahe untergingen.

„Mein Rudel besteht aus zwölf Huskys, die ich in zwei Teams einspanne. Ich würde sagen, die Vorstellung verschieben wir auf später, wenn es richtig hell ist." Jetzt hatte er mich wieder.

„Super Idee", stimmte ich übertrieben lächelnd zu. Von mir aus konnte er damit auch noch einige Tage warten.

„Die Hunde bekommen zwei Mal am Tag Futter. Frühs und abends. Am Morgen füttere ich sie lediglich mit etwas Brühe, abends nach den Touren bekommen sie dann ihr eigentliches Futter."

„Haben sie frühs keinen Hunger?", platzte es aus mir heraus, weil ich mir nicht erklären konnte, weshalb sie am Morgen nicht so viel zu fressen bekamen.

„Doch, schon. Allerdings dürfen sie vor der Arbeit nicht zu viel im Magen haben. Sonst besteht die Gefahr einer lebensgefährlichen Magendrehung. Richtiges Fressen gibt es dann später."

Das klang logisch und augenblicklich wollte ich wegen meiner dämlichen Frage im Boden versinken. Cole musste wirklich verärgert darüber zu sein, jemanden wie mich als Aushilfe zu bekommen. Ich hatte nicht nur Angst vor Hunden, ich hatte auch nicht die geringste Ahnung von ihnen. Und …

Ich zeigte in den Eimer, konnte mir bei dem Gestank eine Grimasse nicht verkneifen. Trockenfutter roch bestimmt nicht derart widerlich. „Was ist das?“

„Das?“ Cole hob den Eimer ein Stück an, sodass die Masse darin gefährlich hin und her schwappte. „Das ist eine gekochte Brühe aus Innereien und Fleisch vom örtlichen Metzger. Für die Hunde ist es das optimale Frühstück. Ich zeig dir nachher noch, wo ich es zubereite. Da kannst du mir zur Hand gehen.“

Was?, dachte ich entsetzt. Ich sollte in dieser … dieser Pampe umhermanschen? Cole entgingen meine entglittenen Gesichtszüge nicht und ich bildete mir ein, ihn Lachen zu hören, während er zum Zwinger ging und ihn öffnete. Ob er auch noch lachte, wenn ich mich auf seine Füße übergab? Zusammenfassend hatte ich also nicht nur Angst, keine Ahnung sondern vermutlich auch noch einen viel zu schwachen Magen für diese Angelegenheit. Klasse.

Jedoch kam ich nicht umhin zu bewundern, wie sehr sich die Hunde über Coles Kommen freuten. Aufgeregt und wild schwanzwedelnd tänzelten die Huskys um ihn herum. Sie konnten es anscheinend kaum erwarten, Cole zu begrüßen und etwas zu fressen zu bekommen.

Ich konnte es ihnen nachempfinden. Auch mein Magen knurrte allmählich. Aber Cole hatte mir erklärt, dass die Hunde an erster Stelle standen und daher morgens gleich zu Beginn versorgt wurden.

Gespannt beobachtete ich, wie er sich den Näpfen in der Mitte des Zwingers näherte und das Kommando ‚Platz' gab. Augenblicklich legten sich alle Hunde hin, sodass er in Ruhe die Näpfe mit der Schöpfkelle befüllen konnte.

Wow, das hatte ich nicht erwartet. Das ganze Rudel hörte auf ihn. Wenn ich daran dachte, wie *gut* manche einzelnen Fifis gehorcht, die von den Pferdebesitzern mit aufs Gestüt gebracht wurden, war das beeindruckend.

Erst als Cole den Befehl zum Aufstehen gab, stürzten sich die Hunde auf die Näpfe, sodass er in Ruhe den Zwinger verlassen konnte.

„Die gehorchen wirklich gut", stellte ich anerkennend fest, als er zu mir zurückkam.

Ihn schien mein Lob zu freuen. Ein bisschen stolz lächelte er mich an. „Jahrelanges Training."

In diesem Augenblick begann mein Magen erneut zu knurren.

„Hey, ich mach dir einen Vorschlag. Lass uns nach Healy fahren und dort frühstücken. Im Anschluss können wir gleich nochmal nach ordentlichen Klamotten für dich gucken. Du bist viel zu dünn angezogen", sagte Cole und deutete auf meine Jeans, unter der mir tatsächlich schon die Knie klapperten.

Prinzipiell hatte ich nichts gegen seinen Vorschlag einzuwenden, außer: „Ich fürchte, ich habe nicht genug Geld dabei, um mich vollkommen neu einkleiden zu können." Einkaufen war in Alaska unverschämt teuer.

Mein Gegenüber schien unbeeindruckt und grinste nur verschmitzt. „Keine Sorge. Ich denke, Alex übernimmt das gerne für dich."

10. Kapitel
Hailey

„Mhm“, seufzte ich. „Das sind die besten Pancakes, die ich je gegessen habe!“ Hungrig schob ich mir einen weiteren Bissen in den Mund. Der vor mir aufgeschichtete Turm aus Eierkuchen, übergossen mit feinem Ahornsirup wurde immer kleiner.

Cole musterte mich mit hochgezogenen Augenbrauen, während er sich eine weitere Gabel Eier und Speck in den Mund schob. „Gibt es bei euch etwa keine Pancakes?“

Er mochte es anscheinend eher deftig, während ich eher der süße Typ war. Besonders am Morgen.

Mein Blick wanderte über die Decken des Diners, die bereits mit Lichterketten und glitzernden Girlanden weihnachtlich geschmückt waren. Die Dekoration passte gut zu den dunklen Holztönen und ich mochte die heimelige Stimmung, die sie ausdrückte.

„Doch, aber die sind bei weitem nicht so gut wie die hier“, antwortete ich und zeigte mit vollen Backen auf den Teller vor mir, den ich in Rekordgeschwindigkeit leerte.

Wahrscheinlich wirkte ich mehr als verfressen auf

ihn. Was mir recht sein sollte. Immerhin musste ich ihm nichts beweisen. Das hier war schließlich kein Date oder so. Ich hatte nicht vor, ihn mit meinen Essmanieren zu beeindrucken.

Ganz davon abgesehen, hatte ich einfach einen mordsmäßigen Hunger.

Cole schmunzelte. „Das wird an Jennys Geheimzutat liegen, nicht wahr?“ Die zu uns schlendernde Kellnerin mittleren Alters schenkte ihm einen weiteren Kaffee ein und warf uns ein zuckersüßes Lächeln zu.

„Genau, aber psst. Wie gesagt, streng geheim“, raunte sie und zwinkerte mir verstohlen zu. Ich erwiderte ihr Lächeln.

Dann schaute sie sich kurz um, ob ein anderer Gast ihre Hilfe benötigte, stellte die Kanne auf den Tisch und beugte sich zu uns vor. Dabei fielen ihr ihre langen, kastanienbraunen Haare über die Schultern.

„So, Cole. Nun erzähl schon, wen du uns hier mitgebracht hast.“

Sie war ja gar nicht neugierig. Aber wahrscheinlich war das in einem so kleinen Nest wie Healy vollkommen normal.

„Jenny, darf ich dir Hailey vorstellen? Ich hatte dir doch von Alex’ Unfall erzählt. Sie ist seine Vertretung.“

Höflich streckte ich ihr meine Hand entgegen. „Freut mich, Sie kennenzulernen.“

„Ach Sie sind die Vertretung?“, hakte sie etwas verblüfft nach. Ich registrierte, wie sie mich verstohlen vom Scheitel bis zur Sohle abscannte. Was sie sah, gefiel ihr anscheinend, denn sie lächelte noch ein wenig breiter. „Zauberhaft. Hailey aus Healy. Wie lange sind Sie in der Stadt?“

„Für die nächsten drei Wochen“, antwortete Cole an meiner Stelle.

Ihre Augen blitzten leicht auf – eine Regung, die ich nicht deuten konnte. Cole hingegen schien diesen Blick sehr genau zu kennen, mit dem sie ihn betrachtete. Und es schien ihm nicht sonderlich zu gefallen. Er verzog den Mund und sah aus, als fühlte er sich bedrängt. Irritiert musterte ich ihn einen Augenblick lang, ehe mich Jennys Stimme zurück ins Hier und Jetzt holte.

„Ganze drei Wochen? Das ist eine lange Zeit. Die noch länger werden kann, wenn man ganz allein da draußen ist.“

„Sie schläft in meinem Haus wie Alex, Jenny. Das wolltest du doch hören.“ Cole bedachte sie mit einem aufgesetzten Lächeln.

„Absolut großartig“, rief sie und stieß sich von der Tischplatte ab. „Die Rechnung, nehme ich an?“ Sie switchte so schnell um, dass ich Mühe hatte zu folgen. War hier gerade etwas zwischen den beiden geschehen, was ich nicht mitbekommen hatte?

Erst als Jenny mit Cole die Abrechnung machte,

fiel mir auf, dass uns auch die anderen Gäste – vermutlich alles Einheimische – neugierig beobachteten.

„Wie auch immer. Ich wünsche euch noch einen ganz wunderbaren Tag, Cole und Hailey.“ Die beiden letzten Worte betonte Jenny auf eine solch intime Art und Weise, dass mir auf der Stelle die Röte ins Gesicht schoss.

Erst die kalte Luft außerhalb des Lokals half meiner Gesichtsfarbe, wieder von Tomate auf Eierschale abzublassen.

„Was war das denn eben?“, wandte ich mich an meine Begleitung, dabei versuchte ich das Ganze mit einem belustigten Unterton auszusprechen, während wir zu seinem Jeep liefen.

„Was denn?“ Er schaute stur geradeaus.

Tat er etwa absichtlich unwissend? Die eigenartige Stimmung musste er doch auch mitbekommen haben.

Bei der Kühlerhaube seines Pick-ups blieb ich stehen.

„Na, was Jenny zu dir … uns gesagt hat. Und wie sie und die anderen uns angesehen haben.“

Ich schaute interessiert zu ihm rüber, doch er zuckte nur mit den Schultern. „Ach so, das“, meinte er gedehnt und strich über seinen Bart. „Das ist nichts weiter. Ich bin die meiste Zeit allein unterwegs. Die anderen sind es nur nicht gewohnt, mich in Gegenwart von jemand anderem zu sehen.“

Als er die Fahrertür aufzog, hielt er kurz inne und ergänzte: „Oder vielmehr in Gegenwart einer anderen Frau.“

11. Kapitel
Cole

In dieser Jacke sah Hailey aus wie ein dunkelblaues Michelin Männchen, aber ich beschloss, meine qualifizierten Kommentare für mich zu behalten und die Beratung ganz Dana zu überlassen. Die Inhaberin des Outdoorladens ‚Wild Snow' brachte seit über zwanzig Jahren wintertaugliche Kleidung an den Mann oder die Frau und wusste wohl selbst am besten mit ihren Kunden umzugehen.

Dana reichte Hailey mit einem charmanten Lächeln einen weinroten Mantel und bat sie, diesen noch einmal anzuprobieren. Wie immer hatte Dana die Situation geschickt gelöst.

Ich bewunderte ihr Talent, immer die richtigen Worte zu finden – das war etwas, was mir bei meinen Kunden nicht immer gelang und wo ich mir von ihr definitiv noch eine Scheibe abschneiden konnte. Zudem war ich erstaunt, wie agil sie durch ihren Laden wuselte, trotz ihres fortgeschrittenen Alters, mit dem sie eigentlich schon längst in den Ruhestand gehen könnte. Aber ich nahm an, Ruhestand war ebenso wenig etwas für sie wie für ihren Mann Al, der den örtlichen Abschleppservice betrieb.

Während Hailey in eine schwarze Wärmehose schlüpfte, tauchte Al aus dem hinteren Teil des Ladens auf und begrüßte mich mit einem festen Handschlag.

„Hey, Cole. Wie geht's?"

„Ich kann nicht klagen", antwortete ich und verschränkte die Arme vor der Brust. „Hat mit dem Opel alles geklappt?"

Er nickte. „Hab ihn heil rausbekommen. Er steht jetzt in einer meiner Garagen. Wann braucht das Mädel ihn denn wieder?"

Unsere beide Blicke glitten in ihre Richtung. Dana reichte ihr ein paar Winterstiefel, die sie anprobieren sollte. Mittlerweile musste Hailey schon tüchtig unter diesem Berg aus Klamotten schwitzen, doch sie schlug sich tapfer.

„Dauert noch ein Weilchen", sagte ich leichthin. „Sie ist für die nächsten drei Wochen meine Unterstützung. Anstatt Alex."

„Aha", antwortete Al lediglich und ich wusste augenblicklich wieder, weshalb ich die Gesellschaft von Männern der von Frauen oft vorzog. Er bohrte nicht weiter nach und versuchte mir auch nicht irgendetwas einzureden, was ganz offensichtlich nicht da war.

Ja, ja, ich wusste genau, was Jenny da vorhin versucht hatte. Seit Marie nicht mehr da war, versuchte mich gefühlt halb Healy zu verkuppeln. Zumindest die weibliche Seite des Ortes.

Ich seufzte. Als ob ich mich durch ihr aufdringliches Verhalten auf der Stelle neu verlieben könnte. Nein, der Zug war schon lange abgefahren. Nur wollte das aus einem mir unbekannten Grund keiner außer mir wahrhaben.

„Dana, Schatz. Du sollst nicht immer so schnell machen“, wandte sich ihr Mann besorgt in ihre Richtung, als sie euphorisch mehrere Kleiderbügel mit Pullovern hin und her schob.

„Mach dir um mich mal keine Sorgen“, winkte sie ab, ohne zu uns zu schauen.

Al schüttelte nur mit dem Kopf. „Dieses Weibsbild.“ Danach hob er seine Cap und kratzte sich die Halbglatze darunter. „Und, kommt sie mit den Hunden klar?“

Ich dachte daran zurück, wie sie vor einigen Stunden dem inneren Drang standgehalten hatte, vor Sky wegzulaufen.

Dana reichte ihr zum Abschluss noch eine Strickmütze mit einem Muster aus mehreren Farben, dazu passende Handschuhe und einen dicken Wollschall. Damit war Hailey definitiv bestens ausgestattet.

Meine Lippen zuckten. „Ich denke, es wird.“

12. Kapitel
Hailey

„Kaya hat bereits das zweite Team eingespannt und ist mit einem Kunden unterwegs. Sie wird heute Nachmittag zurückkommen. Dann werde ich sie dir vorstellen“, rief mir Cole über seine Schulter hinweg zu, während er zum Eingang des Holzhauses stapfte. Er hatte recht gehabt. Die neue Kleidung war eine brillante Idee gewesen. Mir war weder kalt noch waren die Klamotten klobig. Dana – wie sich mir die Inhaberin des Ladens herzlich vorgestellt hatte, als würden wir uns schon ewig kennen – hatte wirklich ein gutes Händchen für ihre Kunden.

Ich erstarrte, als mein Blick auf Sky fiel, die schwanzwedelnd und wimmernd zu Cole gerannt kam, um ihn zu begrüßen. Instinktiv machte ich zwei Schritte zurück auf die Veranda. Cole streichelte die Hündin, ehe er bemerkte, dass ich ihm nicht folgte und er sich schließlich wieder an mein klitzekleines Problem mit Vierbeinern erinnerte. Seine Hand umfasste ihr Halsband, damit sie nicht auf mich zu stürmen konnte, wofür ich in diesem Moment mehr als dankbar war. Umso schockierter war ich über seine folgenden Worte: „Wollen wir es mal probieren?“

Meine Augen weiteten sich unkontrolliert. „Was?“

Cole schnaubte, klang aber dennoch einfühlsam. Er schien zu wissen, dass er in dieser Situation mit Zorn und Ungeduld nicht weiterkam. „Die drei Regeln, erinnerst du dich?“

Von heute Morgen, na klar.

Ich ballte die Hände zu Fäusten. Auch wenn alles in mir danach schrie, schnellstmöglich das Weite zu suchen, blieb ich standhaft. Wenn auch mit wackeligen Knien. Ich dachte an das Versprechen zurück, welches ich mir letzte Nacht selbst gegeben hatte. Dass ich standhaft bleiben und mich meinen Ängsten stellen würde. Egal wie unangenehm es auch werden würde. Ich würde das schaffen, auch wenn es mir unglaublich schwer fiel, gerade in diesem Moment daran zu glauben.

Cole schien mir meinen inneren Zwiespalt anzusehen. Er hob einen Mundwinkel, seine Stimme war sanft. „Keine Sorge, ich bin die ganze Zeit bei dir. Dir kann nichts passieren und ich versichere dir, Sky würde dir nie etwas tun.“

Ich zwang mich, zuzustimmen und nickte schließlich. „Okay, ich probiere es.“

Cole nickte ebenfalls und warnte mich: „Nicht erschrecken. Ich komme mit Sky jetzt zu dir.“

Sie noch immer am Halsband führend, lief Cole mit der Hündin auf mich zu. Direkt vor mir gab er ihr den Befehl, sich zu setzen. Die Hündin hockte sich schwanzwedelnd und jaulte.

Bis in den letzten Muskel meines Körpers angespannt, presste ich heraus: „Was hat sie denn?“

Auf Coles Lippen zeichnete sich ein Schmunzeln ab. „Sie würde am liebsten über die Sinnhaftigkeit des Befehls diskutieren. Das machen Huskys gerne.“

Die Vorstellung daran fand ich einerseits lustig, andererseits auch beängstigend. Was, wenn Sky doch nicht auf ihn hören und mich anspringen oder beißen würde?

„Sie wird trotzdem gehorchen“, riss Cole mich aus meinen Gedanken, als hätte er sie zuvor gelesen. „Wenn du magst, kannst du ihr jetzt mal deine Hand hinhalten. Sie ist schon die ganze Zeit neugierig, wer sich da Fremdes im Haus herumtreibt.“ Ich hörte das Lächeln in Coles Stimme. „Sie wird nicht nach dir schnappen“, versicherte er mir.

Ich zögerte erst, doch dann streckte ich tatsächlich meine Hand in Zeitlupentempo nach Skys Schnauze aus. Gegen das Zittern meiner Finger konnte ich nicht das geringste tun.

Ich quiekte auf, als Sky begann, stürmisch an ihnen zu lecken. Damit hatte ich nicht gerechnet.

„So zeigen sie dir, dass sie dich kennenlernen wollen“, erklärte Cole mir schnell. Am liebsten hätte ich die Hand sofort weggezogen, doch ich hatte größere Angst, dass sie vielleicht dann doch noch nach mir schnappen würde. Ich nickte nur und hielt weiter tapfer durch.

„Was … was hat sie denn?“, fragte ich mit leiser Stimme, um mich abzulenken. Cole legte den Kopf schief, als wüsste er nicht, was ich von ihm wollte. „Ich meine, wieso ist sie nicht bei den anderen Hunden, sondern hier im Haus?“

Jetzt schien er zu verstehen.

„Sie hatte eine Gebärmuttervereiterung und wurde vor zwei Wochen operiert. Da der Eingriff jedoch nicht ohne ist, darf sie noch ein paar Tage im Haus bleiben. Sie ist ohnehin ein Husky, der sich lieber in die Nähe des Kamins kuschelt“, sagte er und kratzte sich lächelnd am Kopf. Ich schaute ihn ungläubig an. Ich wusste nicht viel von Hunden, aber darüber war ich ehrlich überrascht.

„Aber sind Huskys nicht eher die Hunde, die sich freudig einschneien lassen?“

Meine Stimme wurde wieder gefasster. Auch wenn ich noch weit davon entfernt war, mich an Skys warme Zunge zu gewöhnen, wurde ich etwas ruhiger.

„Eigentlich“, lachte Cole, als könnte er sich diesen Fakt auch nicht erklären. „Wollen wir mal nach den anderen sehen?“

Ich brauchte einen Moment, um zu begreifen, dass er damit die anderen Hunde im Zwinger meinte. Unsicher blickte ich zwischen Skys Ohren. Noch immer schleckte sie meine Hand ab.

„Glaub mir, wenn du das hier gepackt hast, schaffst du auch alles Weitere“, redete mir Cole Mut zu und deutete auf Sky.

Ich konnte mir kaum vorstellen, dass man einen einzigen Hund mit sechs anderen vergleichen konnte, doch ich nickte zaghaft. Es nützte nichts. Da würde ich jetzt durchmüssen.

13. Kapitel
Hailey

„Ich zeige dir jetzt erst einmal alles und stelle dir anschließend das andere Gespann vor, mit dem ich hauptsächlich unterwegs bin."

Gegen das unliebsame Ziehen in meinem Bauch bei dem Gedanken an die Meute hinter dem Zaun halfen allerdings logischerweise auch die besten Klamotten nicht. Auch wenn sie von Danas Laden stammten. Leider.

Okay, bleib ruhig. Du schaffst das, redete ich mir gut zu, derweil ich Cole in den hinteren Bereich des Grundstückes folgte.

Erst jetzt bei Tageslicht konnte ich sehen, wie weitläufig und schön dieses Areal war. Direkt an Coles Holzhaus schloss sich ein Schuppen an, aus dem er heute Morgen mit dem Futter gekommen war.

Dahinter gliederte sich der geräumige Zwinger an. Wobei *Zwinger* nicht unbedingt das richtige Wort war. Eher Auslauf mit kleinen Hütten und einer Art Stall, in der sich die Hunde zurückziehen konnten. Drumherum hatten sie jede Menge Platz zum Toben.

Als sie ihr Herrchen sahen, jaulten sechs Hunde

freudig auf, während sie am Zaun hochsprangen.

„Ist ja gut, gleich bin ich bei euch“, beruhigte Cole sie aus der Entfernung und öffnete die Tür zum Schuppen.

Sofort stieg mir der muffige Geruch von heute Morgen in die Nase, weshalb ich unwillkürlich die Nase tiefer in meinem Schal vergrub.

„In der hinteren Ecke befindet sich der Generator, der uns den Strom und das warme Wasser im Haus liefert. Daneben steht die Gefriertruhe, in der ich das Fleisch für die Hunde lagere. Im Winter ist sie natürlich nicht an.“ Cole hob den Deckel hoch, damit ich einen Blick auf allerlei gefrorene Fleischteile werfen konnte.

„Also die Polizei auf der Suche nach einer Leiche sollte nicht unbedingt da rein schauen“, entglitt es mir reflexartig.

Er musterte mich mit einem grimmigen Blick. Scheinbar fand er das Ganze wohl nicht so lustig wie ich. Schnell setzte ich ein dämliches Grinsen auf, um meine Worte zu entschärfen. *Zu spät, na toll.*

Auf dem Tisch neben der Truhe stand eine Kochplatte. Hier bereitete er das Futter anscheinend täglich frisch zu.

Neben dem ekligen Teil gab es Gott sei Dank auch noch einen unspektakulären Abschnitt im Schuppen, wo der Schlitten und das Zubehör für die Hunde standen.

„Jeder Hund hat sein eigenes Geschirr.“ Er zeigte auf die an der Wand hängenden, farbenfrohen Geschirre unterschiedlicher Größe. „Der Name des Hundes ist in das jeweilige Geschirr eingestickt. Das Zubehör für den Schlitten befindet sich da hinten.“ Er deutete auf einen Schrank. Stocksteif nickte ich.

Ich hatte keine Ahnung, wozu man das alles brauchte und wie es funktionierte. Klar, die Huskys liefen vor dem Schlitten und der Halter stand auf den Kufen – aber sonst? Würde ich mich in dem Wust aus Seilen zurechtfinden?

Und viel wichtiger: Würden mich die Hunde vorher nicht schon fressen?

„Keine Sorge. Das Einspannen übernehmen ausschließlich Kaya und ich. Da gehört schon etwas Erfahrung dazu, das würde ich gar nicht von dir verlangen.“

Puh, Gott sei Dank. Erleichtert verließ ich mit ihm den Schuppen.

„Wo du mir allerdings eine Hilfe wärst, wäre die Reinigung und Pflege der Zwingeranlage.“

Cole stiefelte zielsicher auf die Tür zum Auslauf zu. Ich wollte erst stehen bleiben, da mein Herz schon wieder drohte, in meine Hose zu sacken – dieses Mal war es immerhin eine dicke Wärmehose. Ich würde das hier auf die Reihe kriegen; vorhin hatte ich mit Sky bereits einen wichtigen ersten Schritt in die entscheidende Richtung gemacht.

Also schlich ich Cole hinterher. Ehe er die Tür öffnete, wandte er sich ein weiteres Mal zu mir um. In seinem Blick lag eine Mischung aus Neugierde und Sorge. „Du brauchst keine Angst zu haben."

„Ich weiß." Ich nickte etwas hysterischer als beabsichtigt. Unsicher schaute ich zu den umherhüpfenden Hunden hinter dem Zaun. „Sie wollen mir nichts tun. Sie sind nur aufgeregt und wollen mich kennenlernen." Das klang wenig überzeugt, doch ich gab mein Bestes.

„Wenn es dir zu viel wird, schubs sie einfach weg. Das können sie ab." Er zwinkerte mir neckend zu. Ein kleiner Teil von mir wollte ihm direkt an die Gurgel gehen, weil er mich nicht ernst nahm. Ein anderer Teil fand seine Worte jedoch irgendwie … süß. *Halt stopp, süß.* Das ist doch vollkommen … Ich hatte jetzt wirklich keine Zeit, mich mit so etwas zu befassen!

Noch während Cole die Tür hinter mir schloss, tänzelten drei Huskys um meine Beine herum und schnupperten wie wild an meinen Klamotten. Vorsichtig zog ich die Handschuhe aus, damit sie ähnlich, wie zuvor Sky es getan hatte, an meiner Hand schnuppern konnten. Was sie auch taten. Ihr warmer Atem an meiner Haut bereitete mir eine Gänsehaut.

Trotz des Gewusels um mich herum, blieb ich erstaunlich ruhig. Ob das an meinem zurückerlangten Selbstvertrauen lag? Oder gar an Coles schützender Anwesenheit?

Ich tippte eher auf Ersteres. Letzteres war schon ein bisschen absurd, immerhin kannte ich ihn kaum.

„Die hellgraue Hündin mit dem zotteligen Fell dort heißt Leika. Und das daneben ist Soul“, erklärte er mir, während er selbst zwei Hunde streichelte. „Sie laufen bis hinten im Gespann. Sie sind besonders kräftig.“

Ah, okay. Solange Leika und Soul auch weiterhin so friedlich an meiner Hand leckten, konnten sie von mir aus laufen, wo auch immer sie wollten.

Die Nase eines dunkelgrauen, fast schwarzen Huskys stupste mich neugierig an. „Das ist Moonlight. Sein Laufpartner ist Shadow, hier.“ Cole zeigte auf einen ebenso dunklen Hund bei ihm. „Dann wäre da noch Joker.“ Sein Blick fiel auf einen Husky, der von der Fellfarbe her eher einem Wolf glich. Plötzlich sprang ein Hund aus der Meute meinen Begleiter unvermittelt an. Er reichte ihm fast bis zu seinem Kopf und versuchte ihm übers Gesicht zu lecken. Cole stolperte einen Schritt zurück, lachte jedoch auf. Ihm schien das Ganze nichts auszumachen. Ich jedoch konnte darauf wirklich verzichten. Hände ja, Gesicht nein.

„Und dann ist da natürlich noch Ace. Hallo, Dicker. Er ist der Leithund von diesen Chaoten hier und macht einen absolut tollen Job.“

Selbst von der Seite konnte ich erkennen, das Ace strahlend blaue Augen hatte, wie es für Huskys typisch war. In seine wolfsähnliche Fellfarbe mischten sich auf Stirn, Bauch und Pfoten weiße Akzente, sodass ich jedoch deutlich erkannte, dass es sich nicht um einen Wolf handeln konnte.

„Sie sind alle sehr hübsch“, sagte ich, während ich jeden einzelnen Hund betrachtete. Eines musste ich diesen Huskys wirklich lassen: Sie waren eine echte Augenweide. Und so, wie sie sich benahmen, offensichtlich allzeit bereit für eine Party.

„Komm, ich zeig dir noch den Stall“, winkte mich Cole zu sich. Umsichtig bewegte ich mich vorwärts. Nicht, dass ich doch noch hinfiel und sich die Hunde auf mich stürzten. Ich war immerhin leichte Beute. Absolut hilflos und …

„Hailey?“, riss mich Coles Stimme aus meinen Gedanken.

„Ja?“ Wieder setzte ich dieses dämliche Grinsen auf, um meine Unaufmerksamkeit zu überspielen.

Er musterte mich lediglich mit gerunzelter Stirn, verkniff sich jedoch einen Kommentar, ehe er in den Stall zeigte. Wetter- und windgeschützt hatten die Hunde ihre eigenen Schlafquartiere, die mit Stroh gepolstert waren.

„Das Wasser in den Näpfen gefriert bei den derzeitigen Temperaturen innerhalb von Minuten. Deshalb musst du regelmäßig kontrollieren, ob es schon wieder gefroren ist und wenn ja, die Eisdecke aufhacken.“ Er zeigte zu einem kleinen Pickel an der

Wand. „Außerdem muss das Stroh stets trocken sein. Wenn es feucht ist, musst du es austauschen. Ersatz findest du im Schuppen. Bei den ersten paar Malen werde ich dir helfen."

„Das bekomme ich hin", verkündete ich überzeugter als beabsichtigt. Noch immer war ich zu aufgedreht von dem Gefühl, mit sechs fremden Hunden in diesem Käfig zu stehen und mir nicht vor Angst in die Hose zu machen.

Wenn ich das schaffte, würde ich auch alles andere meistern.

14. Kapitel
Hailey

Gut, vielleicht nicht unbedingt alles.

Nie hätte ich gedacht, dass mich die Buchhaltung und das Buchungssystem von Cole vor eine größere Probe als die Hunde stellen würden. Was allerdings kein Wunder war, immerhin führte er seine ganzen Niederschriften in Notizbüchern. Das Schlimmste an der Sache war allerdings seine Sauklaue, was ich ihm so natürlich nicht sagen konnte. Schließlich war er so etwas wie mein Chef. Aber ich hatte wirklich Mühe, mich darin zurechtzufinden, trotz dass er mir zuvor alles erklärt hatte.

Zukünftig würde es meine Hauptaufgabe sein, das Telefon zu betreuen und potenzielle Kunden zurückzurufen, die eventuell eine Tour oder eine Kuschelstunde mit den Hunden buchen wollten. Anschließend mussten die Termine in den Terminplaner entsprechend eingetragen werden, damit es nicht zu Überschneidungen kam.

„Pro Tag können je nach Gruppengröße ein oder zwei Touren gefahren werden, immer abhängig von der Länge der Strecke."

Danach hatte Cole so gut es ging versucht, mir die Touren zu erklären. Dazu benutzte er die Umgebungskarte, die hinter dem Schreibtisch an der Wand hing. Die meisten von ihnen führten durch oder an dem Denali-Nationalpark ganz in der Nähe entlang. Eifrig hatte ich mitgeschrieben, doch gerade diese Angelegenheit stellte mich noch immer vor Herausforderungen, wenn jemand anrief und eine Tour buchen wollte. Es war einfach absolutes Neuland für mich und es machte es nicht leichter, dass ich gar keinen richtigen Bezug dazu hatte.

Ich gab an diesem Nachmittag mein Bestes. Während ich mich nebenbei weiter einrichtete, hoffte ich inständig, nichts falsch vermerkt zu haben.

Außerdem lernte ich zwischendurch Kaya kennen. Die Chance nutzte ich, um einen ersten Blick auf das zweite Gespann zu werfen. Dabei beließ ich es allerdings, solange Cole nichts anderes verlangte. Für heute hatte ich definitiv genug Hundebegegnungen.

Kaya war ein junges Mädchen im Teenageralter, die man schon von weitem an ihren langen schwarzen Haaren erkennen konnte. Sie besuchte die West Valley Highschool in Fairbanks und befand sich bereits im letzten Jahr. Im kommenden machte sie ihren Abschluss und hatte vor, an der Anchorage University Technik zu studieren. Momentan war sie während der Ferien bei ihren Eltern daheim in Healy. Sie half schon seit zwei Jahren bei Cole aus, da sie besonders gut mit Hunden umgehen konnte. Sie übernahm unter anderem die Touren und betreute die Kuschelstunden mit den Huskys.

Ich schätzte sie als eine sehr angenehme Person ein und konnte verstehen, weshalb Cole mit ihr zusammenarbeitete.

Er fuhr nachmittags ebenfalls noch eine Runde mit seinem Gespann. Ohne Touristen – nur zu Trainingszwecken, wie er mir erklärte.

Erst als es bereits dunkel war, schwang die Tür zum Haus auf und er trat ein. „Guten Abend", begrüßte ich ihn von der anderen Seite des Schreibtisches aus.

Er schaute mich mit einem unschlüssigen Blick an. So, als wäre er nicht ganz sicher, ob ihm gefiel, was er sah.

Wahrscheinlich musste er sich erst daran gewöhnen, dass ich jetzt auch hier wohnte und zumindest die nächsten drei Wochen immer präsent war. Auch wenn ich mir dessen bewusst war, versetzte mir dieser Ausdruck in seinem Gesicht einen kleinen Stich in die Brust.

Cole schaute, ohne meine Begrüßung zu erwidern, auf seine Armbanduhr. „Zeit für Abendessen", stellte er nüchtern fest. Mein Magen fing augenblicklich an, zustimmend zu murren.

„Aber vorher gibt es noch eine letzte Lektion für heute. Die Futterzubereitung für die Hunde."

15. Kapitel
Cole

„Mhm, riecht das nicht gut?“, fragte ich, während ich mir den Dampf der Tomatensauce zufächelte und mit der anderen den Kochlöffel durch die Pasta im Wasser führte.

„Toll“, bekam ich lediglich vom Esstresen zur Antwort. Ein Blick über meine Schulter verriet mir, dass Hailey das nicht ernst meinte.

Ihre Gesichtsfarbe war immer noch ein bisschen bläulich. In diesem Moment ignorierte sie sogar Sky, die brav in ihrem Körbchen neben der Couch lag. Ich wandte mich wieder der Sauce auf der Herdplatte zu und konnte mir ein Grinsen nicht verkneifen. Das Kochen der Innereien für die Hunde hatte sie an ihre Kotzgrenze gebracht. Wortwörtlich. Ich konnte es ihr nicht mal verdenken. Als ich zum ersten Mal den Gestank von frischem Pansen und blutiger Leber gerochen hatte, war mir auch schlecht geworden.

Umso höher rechnete ich ihr an, dass sie standhaft neben dem blubbernden Topf stehengeblieben war und im Anschluss zugeschaut hatte, wie ich die Hunde fütterte.

Ich schüttete die bissfesten Nudeln ab und portionierte sie und die Sauce anschließend auf zwei Tellern, ehe ich Hailey am Tresen Gesellschaft leistete.

Sie stocherte misstrauisch in ihrem Teller umher.

„Guten Appetit." Ich lächelte sie schelmisch an. Auch wenn es das wahrscheinlich nicht sollte, fand ich ihre Reaktion ziemlich komisch.

Okay, das ist wirklich falsch, schalt ich mich innerlich.

Dann entschloss sie sich doch, einen Bissen zu probieren und zu meiner Zufriedenheit änderte sich ihr Gesichtsausdruck. Mein Essen schien sie glücklicherweise nicht so schrecklich wie das Futter für die Hunde zu finden.

„Das ist sehr gut", stellte sie fest, dabei klang sie fast ein bisschen überrascht. „Aber wie geht das? Hier oben gibt es doch so gut wie keine frischen Zutaten."

Neugierig schaute sie mir zu, wie ich eine weitere Gabel mit Nudeln verdrückte.

„Stimmt, aber wir frieren und kochen ziemlich viel ein. Diese Lebensmittel geben den Fertigprodukten und Konserven, die ich für den Ernstfall bunkere, eine frische und halbwegs gesunde Note."

Hailey runzelte die Stirn. „Ernstfall?"

Jetzt war ich es, der sie überrascht ansah. Hatte sie noch nie etwas von den Unwettern in Alaska gehört?

„Es kommt im Winter immer mal vor, dass ein Blizzard die Dörfer und die Häuser außerhalb von

Healy tage- oder sogar wochenlang abschneidet. Die wirklich wichtigen Sachen wie die Heizung und die Elektrogeräte funktionieren natürlich noch weiter. Dafür haben wir den Generator und den Kamin. Ohne genügend Nahrung kann das allerdings ganz schön unangenehm werden."

Ich konnte förmlich sehen, wie Haileys Augen größer und größer wurden. Daran hatte sie offensichtlich nicht gedacht.

„Keine Sorge", warf ich schnell ein. „Ich habe bereits im Herbst vorgesorgt. Verhungern werden wir definitiv nicht. Und im allerschlimmsten Fall gibt es ja noch die Gefriertruhe mit dem Fleisch für die Hunde."

Hailey verschluckte sich ob dieser Bemerkung, aber den Witz hatte ich mir einfach nicht verkneifen können. Dann begann ich aus vollem Hals zu lachen und zu meinem Glück stimmte Hailey mit ein. Erleichtert stellte ich fest, dass sie mir den Spruch nicht übelnahm.

„Das ist nicht witzig, Cole", tadelte sie mich mit einem gequälten Lächeln und schüttelte mit dem Kopf, ehe sie weiter aß. „Schade, dass du keine Freundin hast, die du bekochen kannst. Sie würde sich sicherlich über dieses seltene und kostbare Talent bei einem Mann freuen."

Eine Nudel blieb mir beinahe im Hals stecken und ich hatte Mühe, sie zu schlucken. Plötzlich schmeckte die Pasta fad und öde und Säure stieg meiner Speiseröhre empor. Und mit ihr ein altbekannter Schmerz, der die Kraft hatte, mir die Luft zum Atmen zu nehmen.

Hailey sah meinem ernsten Gesichtsausdruck an, dass sie das falsche Thema angesprochen hatte. „Es tut mir leid, ich wollte nicht“, begann sie geknickt, doch ich unterbrach sie mit einem schmallippigen Lächeln. „Alles gut.“ Trotzdem hielt ich es nicht länger in meiner Position aus und stand auf. Ich brauchte dringend etwas Abstand zu alldem hier. „Ich bin fertig. Iss noch in Ruhe auf und stell die Teller dann einfach in die Spüle“, sagte ich und flüchtete regelrecht die Treppe hoch in mein Schlafzimmer.

16. Kapitel
Hailey

Der Tag begann ähnlich wie der zuvor. Aufstehen, Hunde füttern und frühstücken – dieses Mal in Coles Holzhaus. Nur dass Cole wesentlich schweigsamer war.

Zu allem Übel war das auch noch meine Schuld. Mein schlechtes Gewissen befand sich gerade im Dauerzustand.

Er hatte sich vor mir zurückgezogen, seit ich ihn gestern Abend nach seiner offenbar nicht vorhandenen Partnerin gefragt hatte. Beim Essen war mir wieder eingefallen, wie Jenny uns im Diner begutachtet und was sie darauf zu Cole gesagt hatte. Ich hatte einfach ausgesprochen, was ich dachte. Eigentlich war es eine unverfängliche Feststellung und nicht böse gemeint. Und doch hatte ich ihn damit schwer getroffen. Auch wenn er es nicht zugab. Hätte ich das gewusst, hätte ich mein Plappermaul gehalten, so viel stand fest.

Erst als Kaya die Hütte betrat und mitteilte, dass sie die Hunde für die nächste Tour einspannte, brach er sein Schweigen, um ihr zur Hand zu gehen.

Währenddessen beobachtete ich vom Schreibtisch aus, wie ein fremder Wagen vorfuhr. Wahrscheinlich waren das die Kunden, die die heutige Vormittagstour gebucht hatten. Aus dem Fahrzeug stiegen zwei Kinder mit ihren Eltern aus. Während ich sie neugierig betrachtete, kam mir eine Idee.

Vielleicht konnte ich Coles Laune etwas aufbessern, wenn ich seine Kunden schon einmal freundlich in Empfang nahm, indes er sich noch um die Hunde kümmerte. Mit dem herzlichsten Lächeln auf den Lippen, das ich aktuell zu bieten hatte, warf ich mir meinen neuen Mantel über und trat aus der Haustür.

„Willkommen auf Coles Ranch", begrüßte ich die Gäste noch auf der Veranda und anschließend mit Handschlag. „Grandioses Wetter, um eine Huskyschlittenfahrt durch die verschneite Wildnis Alaskas zu machen", verkündete ich, als würde ich schon ewig hier wohnen und mich bestens auskennen.

Wobei ich bei dem strahlenden Sonnenschein der aufgehenden Sonne, der die Eiskristalle im Schnee glitzern ließ, keine Expertin sein musste, um unvergessliche Eindrücke vorherzusagen.

„Oh ja, das Wetter passt perfekt. Die Kinder haben sich schon den ganzen Morgen auf den Ausflug gefreut", berichtete mir die Mutter und das konnte ich mir vorstellen. Das kleine Mädchen umklammerte sogar einen Plüschhusky. Einfach süß.

Zu meiner Überraschung entdeckte ich ein weiteres Auto, das die Auffahrt hochfuhr. Wer konnte das wohl sein? Ein Kunde jedenfalls nicht. Die Familie hatte gestern nämlich beide Gespanne gebucht. Sollte es sich wirklich um Kunden handeln, wäre für sie kein Schlitten mehr übrig.

Das fremde Fahrzeug parkte genau neben dem der Familie, mit der ich mich unterhielt. Ein junges Pärchen stieg aus.

Etwas irritiert schaute ich zu ihnen und hoffte inständig, dass es Freunde von Cole waren und nicht etwa jemand, der ebenfalls eine Tour gebucht hatte. Ein ungutes Gefühl beschlich mich, während ich beobachtete, wie sie sich suchend umsahen.

Okay, es nützte ja nichts. Langsam ging ich auf sie zu und begrüßte sie ebenso herzlich wie die Ankömmlinge zuvor. Auch wenn es mich dieses Mal einige Überwindung kostete.

„Hi, ich nehme an, Sie wollen zu Mr Lewis?“, versuchte ich es unverfänglich.

Der junge Mann zuckte etwas unschlüssig mit den Schultern, während seine Freundin Feuer und Flamme zu sein schien.

„Kann man so sagen. Wir haben für den Vormittag eine Tour gebucht.“

Oh, oh.

Irgendetwas stimmte hier nicht. Die Familie hatte mich gestern angerufen und gebucht. Im Notizbuch hatte nichts weiter dringestanden. Wobei, das stimmte nicht. Da war irgendein Gekritzel von Cole, welches jedoch ganz sicher durchgestrichen war. Ich hatte angenommen, dass jemand kurzfristig abgesagt hatte und der Platz wieder frei geworden wäre.

„Für heute Vormittag?“, hakte ich nach, obwohl ich die Antwort bereits kannte und wieder setzte ich mein dämliches Hailey-Grinsen auf. Gleich würde es vermutlich sehr, sehr unschön werden. Ich spürte schon, wie meine Wangen heiß wurden. „Nun, ich fürchte, ich muss Ihnen leider mitteilen, dass das nicht geht. Wir sind bereits ausgebucht für heute Vormittag.“ So entschuldigend wie möglich wies ich auf die Familie hinter mir.

„Was?“, fuhr mich der Mann abrupt an. Auch wenn er offensichtlich kein wirkliches Interesse an den Huskys hatte, schien er sich nicht vor seiner Freundin so bloßstellen lassen zu wollen. „Wie kann das sein? Ich habe die Tour schon vor über einer Woche gebucht!“

„Genau“, stimmte seine Freundin mit ein, dabei riss sie entsetzt die Augen auf. „Wieso geht das jetzt auf einmal nicht?“

„Hören Sie, es tut mir wirklich leid“, setzte ich an, wurde aber von Coles Stimme unterbrochen. „Was ist hier los?“

In dunkler Vorahnung schloss ich für den Bruchteil einer Sekunde die Augen.

„Was los ist? Wir sind den weiten Weg von Fairbanks hierher gefahren, nur um jetzt gesagt zu bekommen, dass Sie für heute Vormittag bereits ausgebucht sind und unsere Tour nicht stattfinden kann."

Der Mann war mittlerweile wirklich sauer, was ich leider auch gut nachvollziehen konnte. Das wäre ich an seiner Stelle wahrscheinlich auch. Noch immer verstand ich nicht, wie mir dieser Fauxpas passieren konnte.

„Entschuldigen Sie uns bitte einen Augenblick." Cole packte mich etwas unsanft am Arm und zog mich ein Stück von den Leuten weg. „Kannst du mir das erklären?"

Sein grimmiger Blick machte mich nervös. Äußerlich versuchte er zwar ruhig zu bleiben, doch im Inneren war er mit Sicherheit alles andere als begeistert über die Situation.

„Ich habe keine Ahnung, was da falsch gelaufen ist. Die Gardners haben gestern angerufen, und da nichts weiter im Terminplaner stand, habe ich sie eingetragen."

„Aber es standen doch noch die Whittakers drin", widersprach er.

„Nein, die waren durchgestrichen, ganz sicher."

Cole seufzte und kratzte sich den Bart, ehe er sich umdrehte und dem Pärchen erklärte, dass er die Tour leider verschieben müsste. Woraufhin der junge Mann regelrecht begann, Feuer zu spucken. Er drohte Cole damit, ihm die Fahrtkosten in Rechnung zu stellen.

Cole erklärte, dass er die Kosten nicht übernehmen, ihnen aber gerne einen Gutschein für eine besonders lange Tour an einem anderen Tag ausstellen würde.

Dies lehnte der junge Mann, ohne Rücksprache mit seiner Freundin zu halten, kategorisch ab. Ehe ich mich versah, waren die beiden auch schon ins Auto gestiegen und preschten die Auffahrt entlang. Ich fühlte mich absolut schlecht deswegen. Mal wieder schien ich alles versaut zu haben.

Cole ließ die Schultern sinken und drehte sich zu der Familie um. Er sah geschafft aus. „Entschuldigen Sie bitte die Umstände. Jetzt kann es losgehen."

Mir warf er anschließend einen vernichtenden Blick zu, während er an mir vorbei Richtung Zwinger ging. „Wir besprechen das später."

17. Kapitel
Cole

„Hör zu, es tut mir wirklich leid", fing mich Hailey ab, als ich am späten Nachmittag von der Tour zurückgekehrt war und mein Haus betrat. In ihren Augen stand der Blick eines geprügelten Hundes.

Vollkommen durchgefroren entledigte ich mich von Jacke und Wärmehose und ging zum Kamin.

Immerhin hat sie ihn am Laufen gehalten, wenn sie es schon nicht schafft, einen Terminplaner zu führen, dachte ich bitter.

„Das reicht nicht", sagte ich mit dem Rücken zu ihr gewandt. „So etwas darf einfach nicht passieren."

„Ich weiß, es tut mir ehrlich leid", begann sie erneut, doch ich fuhr zu ihr herum und unterbrach sie. „Nein, du weißt nichts. Das da ist das absolut Schlimmste, was mir und meiner Ranch passieren kann. Die Leute fahren teilweise stundenlang durch die Pampa, um ein paar Stunden hier draußen mit meinen Hunden verbringen zu können. Und sie freuen sich darauf, besonders die Kinder. Stell dir vor, ich hätte die Familie wegschicken müssen!"

Ich durfte gar nicht daran denken, was dann passiert wäre. Das kleine Mädchen mit dem Plüschhusky hätte bestimmt angefangen zu weinen.

„Mal ganz abgesehen davon, spricht sich so etwas außerdem herum. Und da ich von den Touren lebe, besonders im Winter, wäre das der Genickbruch für mein Geschäft."

Das klang hart, war aber die Wahrheit. Wie sollte ich mich und die Huskys ernähren, wenn irgendwann kein Kunde mehr eine Tour buchte, weil ich als unzuverlässig galt?

Hailey senkte den Kopf und kaute auf ihrer Unterlippe herum. Sie wirkte, als hätte sie definitiv verstanden, was ich meinte. Dennoch konnte ich nicht anders. Ich war so wütend, dass ich noch einen draufsetzen musste.

„Und dabei hattest du gestern Nachmittag nichts weiter zu tun, als Anrufe entgegenzunehmen und den Terminplaner zu führen. Ich frage mich, wie du das sonst bei Alex hinkriegst."

Hailey wandte sich von mir ab. Augenblicklich bereute ich meine schroffen Worte. Das war nicht fair von mir gewesen, aber verdammt, ich war einfach so zornig.

Zu meiner Überraschung fing sie nicht an zu heulen, sondern richtete sich wieder auf. Auch wenn ich anhand ihrer aufgeblähten Nasenflügel und des getroffenen Ausdrucks in ihren Augen sehen konnte, wie schwer ihr das fiel.

„Ich sagte doch schon, dass es mir leidtut. Es wird mir ganz bestimmt nicht noch einmal passieren. Was zur Hölle soll ich denn noch machen?“, verteidigte sie sich und trampelte um den Schreibtisch herum, holte den Planer und hielt ihn mir vor die Nase. „Außerdem war der Termin mit den Whittakers durchgestrichen. Wie hätte ich da ahnen können, dass sie doch noch kommen?“

Misstrauisch blickte ich erst sie, dann den Planer an, ehe ich ihn annahm und zum heutigen Tag blätterte. Der Name der Whittakers war tatsächlich überkritzelt worden, von mir.

„Das ist nicht durchgestrichen“, wehrte ich ab und gab ihr den Planer zurück.

„Ist es wohl und das weißt du!“, sagte sie und knallte das Notizbuch auf die Tischplatte. Anscheinend hatte ich sie mit meiner Wut angesteckt.

„Weißt du, was ich wirklich scheiße von dir finde? Ich bin erst seit zwei Tagen hier, und du erwartest, dass ich alles perfekt kann. Dabei ist das für mich komplettes Neuland und falls es dir entgangen ist, ich gebe mir Mühe, dir zuliebe!“, brüllte sie quer durch den Raum.

„Ich habe nicht die geringste Ahnung von den Touren, von den unterschiedlichen Buchungen aufgrund der Streckenlänge. Ich tue nur das, was du mir gesagt hast. Und die Krönung ist, dass du mich mit deinen Aufzeichnungen zurücklässt, die ich aufgrund deiner

Sauklaue nicht entziffern kann. Verdammt nochmal, es war durchgestrichen!“

Keine Ahnung, wann ich das letzte Mal derart aufgebracht und gleichzeitig derart überfordert mit einer Situation gewesen war. Jetzt gerade war ich das auf jeden Fall und ich konnte keine Minute länger in Haileys Nähe bleiben. Ich musste dringend einen klaren Kopf bekommen.

Ohne ein letztes Mal auf ihre provozierenden Worte einzugehen, wandte ich mich von ihr ab, schnappte meine Jacke und stürmte aus dem Haus.

18. Kapitel
Hailey

Als ich am nächsten Morgen von Coles hämmerndem Klopfen an meine Zimmertür geweckt wurde, wollte ich mir am liebsten das Kissen über den Kopf ziehen und nicht aufstehen.

Ich hatte ihn nach unserem Streit am gestrigen Abend nicht nochmal zu Gesicht bekommen. Was auch gut war! Ich war nämlich wirklich noch sauer auf ihn. Wie konnte er nur abstreiten, dass der Termin ganz offensichtlich durchgestrichen war, und mich auch noch als die Dumme darstellen?

Dafür hatte ich kein Verständnis und es stimmte mich wütend und traurig zugleich.

Wenn der heutige Tag so begann, wie der gestrige endete, würde ich wohl über kurz oder lang durchdrehen. Und wahrscheinlich würden wir uns bald nicht nur Worte, sondern auch Gegenstände an den Kopf werfen.

Gerade als ich mich vor lauter Trotz nochmal umdrehen wollte, bemerkte ich, wie es draußen bereits begann zu dämmern. Hatte er mich etwa länger schlafen lassen? Die Hunde fütterten wir doch eigentlich früher, oder nicht?

Naja, es nützte ja nichts. Früher oder später würde ich ihm wieder unter die Augen treten müssen.

Stöhnend schlurfte ich aus dem Bett und machte mich im Bad fertig. Als ich mein Zimmer verließ, begrüßte mich Sky stürmisch.

Im ersten Moment verspürte ich wieder diese altbekannte Furcht, doch dann freute ich mich, dass wenigstens einer froh war, mich zu sehen. Ich begrüßte sie lächelnd, indem ich zaghaft ihren Kopf tätschelte.

Ich suchte den Raum nach Cole ab, doch er war nirgendwo zu sehen. Vielleicht war er noch im Dachgeschoss?

„Cole!“, rief ich, doch erhielt keine Antwort.

Lautes Hundegebell und Gewimmer ließen mich abrupt zusammenschrecken. Um nicht schon wieder in Ungnade zu fallen, zog ich mir eilig meine Winterklamotten an und eilte nach draußen.

In der Auffahrt stand das erste Hundegespann. Der Leithund Ace hüpfte aufgeregt auf und ab. Anscheinend konnte er kaum erwarten, dass es losging. Cole überprüfte mit dem Licht seiner Stirnlampe nochmals, ob die Hunde wirklich richtig eingespannt waren und ging von Husky zu Husky.

„Guten Morgen!“, rief ich ihm zu. Er hob langsam den Kopf. Noch immer sah er grimmig, aber auch ein bisschen zerknautscht aus.

Sollte er doch bocken! Ich versuchte mir trotzdem nichts anmerken zu lassen. Der Klügere gab schließlich nach, oder so. „Was hast du vor?“ Ich deutete auf den Schlitten mit den angespannten Huskys.

Cole hielt kurz inne, ehe er mit der Überprüfung weitermachte. „Du sagtest, dass du die Touren nicht kennst und dir deshalb das Wissen darüber fehlt. Du hast recht. Da dachte ich, das sollten wir ändern.“

Meine Augen weiteten sich, ich konnte fühlen, wie mir die Hitze in die Wangen stieg. „Soll das heißen, wir fahren mit dem Hundeschlitten?“

Cole zuckte mit den Schultern. „Na, von mir aus kannst du auch nebenher rennen, wenn du mit den Hunden mithalten kannst.“ Ich konnte das Schmunzeln in seinen Worten hören.

19. Kapitel
Hailey

Es war wunderschön und vor allem: verdammt kalt. Nie hätte ich gedacht, dass der Fahrtwind so eisig sein konnte, wenn man im Hundeschlitten saß. Ich zog den Schal noch ein Stück höher in mein Gesicht, um mich vor der bissigen Kälte zu schützen.

Ebenfalls hätte ich nie vermutet, dass Huskys so schnell laufen konnten. Zumindest nicht, wenn sie einen Schlitten und zusätzlich zwei Menschen ziehen mussten. Doch den Hunden schien ihre Arbeit richtig Spaß zu machen. Wir waren schon eine ganze Weile unterwegs, und sie galoppierten immer noch voller Freude durch den wenigen Neuschnee der letzten Nacht. Selbst eine leichte Steigung konnte sie nicht bremsen.

Erst als Cole das Kommando zum Anhalten gab und den Schlitten mit einer Art Bremse im Schnee sicherte, blieben sie gehorsam stehen. Ihr Hecheln erzeugte feine Dampfwolken in der kalten Luft.

Ich schlug die Decke zurück, die mich vor dem Fahrtwind geschützt hatte, und stieg aus. Im ersten Moment war es eigenartig, wieder festen Boden unter den Füßen zu haben. Begeistert schaute ich zu Cole. „Wow, das war echt richtig cool“, musste ich zugeben. Jetzt konnte ich verstehen, wieso so viele Leute eine Tour bei ihm buchten. Es war einfach ein unbeschreibliches Gefühl, die Hunde arbeiten zu sehen und ein Teil davon sein zu dürfen. Besonders in dieser traumhaften Umgebung.

Um Coles Lippen spielte ein leichtes Lächeln. Der Ausflug schien die Spannung zwischen uns etwas gelockert zu haben, wofür ich sehr dankbar war.

„Dann warte ab, bis du das hier gesehen hast“, sagte er und bedeutete mir, ihm zu folgen. Er schob ein paar schneebehangene Äste zur Seite, ehe er anhielt. Als ich mich neben ihm aufrichtete und heruntergefallenen Schnee von meiner Mütze klopfte, entdeckte ich, was er gemeint hatte.

Wir standen auf einer Anhöhe, von der wir einen perfekten Blick auf die aufgehende Sonne hatten. Langsam und anmutig schob sie sich über die weißen Bergspitzen in der Ferne. Ihr Licht tauchte den umliegenden Horizont in sanftes Violett. Sachte weckte sie die eisige Welt um uns herum auf.

Es war ein Anblick wie aus einem dieser teuren Naturkalender. Und ich hatte das große Glück, das Ganze live zu sehen. Dank Cole. Gerührt spürte ich Wärme in meine Wangen steigen.

„Wow“, entfuhr es mir, als ich meine Stimme wiederfand. „Das ist der Wahnsinn.“

Er stimmte mir lachend zu. „Ja, das sind die schönen Momente in dieser Eiswüste. Besonders die Aussicht auf den Denali-Nationalpark." Dann wandte er sich von mir ab. „Warte, das Wichtigste habe ich doch noch vergessen."

Er verschwand wieder zwischen den Zweigen und kam nach wenigen Minuten mit der Decke in der einen und einem Korb in der anderen Hand zurück. Mit seinen Handschuhen säuberte er eine hölzerne Bank, die mir zuvor gar nicht aufgefallen war, vom Neuschnee, ehe er die Decke darauf ausbreitete.

„Nach dir", sagte er und ich setzte mich dankend. Die Wärmehose verhinderte, dass ich trotz des kalten Untergrundes fror.

Cole kramte in seinem Korb und reichte mir zwei Dinge: eine Thermoskanne und einen Thermobecher mit Löffel. Dabei fiel mir auf, wie zerschlissen seine Handschuhe bereits waren.

Er ließ sich neben mir nieder. „Bei dieser Tour können die Gäste hier oben den Sonnenaufgang genießen. Natürlich nicht ohne einen frischgebrühten Kaffee und eine warme Suppe zum Frühstück."

„Sie ist bestimmt sehr beliebt", schmunzelte ich, während ich einen vorsichtigen Schluck aus der Kanne nahm.

Ah, war das gut. Der Kaffee schmeckte angenehm heiß und aromatisch. Genau das Richtige für den jetzigen Moment.

Cole lachte erneut. Mir war seine gute Laune schon fast unheimlich, wenn ich an gestern zurückdachte. „Sie ist nur etwas für Frühaufsteher und daran scheitern die meisten.“

Ich öffnete den Becher mit der Suppe. Würziger Geruch einer Hähnchenbrühe stieg in meine Nase. Sie schmeckte ebenso gut, wie sie duftete.

Langsam aß ich einen Löffel Suppe nach dem anderen, während ich diesen himmlischen Ausblick genoss und beobachtete, wie das Violett einem sanften Gelb wich.

„Es tut mir leid“, seufzte Cole neben mir. „Wegen Gestern.“

Das kam unerwartet. So gerne, wie ich wütend auf ihn gewesen wäre, ich spürte keinen Zorn mehr in mir. Die Hundeschlittenfahrt und den Sonnenaufgang hatte ich ihm zu verdanken und ich nahm an, dass die beiden Sachen bereits ein Teil seiner Entschuldigung waren. „Ist schon okay.“

„Nein, ist es nicht.“ Cole beugte sich nach vorne und stützte sich auf seinen Oberschenkeln ab, während er weiterredete. „Ich habe dich unfair behandelt, nur, weil ich so sauer war. Dabei hattest du recht. Ich hatte den Termin durchgestrichen, doch die Whittakers hatten später noch einmal angerufen und sich entschieden, doch noch kommen zu wollen. Das konntest du nicht wissen, und es tut mir leid, dass ich dich so angegangen habe.“

Seine Worte klangen aufrichtig und ich glaubte ihm. Außerdem war da dieser reumütige Klang in seiner Stimme, der meine innere Wut augenblicklich verpuffen ließ. Zumindest das, was tief in mir von ihr noch übrig war.

„Ist schon gut. Es war ja auch wirklich ärgerlich.“ Unbewusst tätschelte ich aus dem Affekt heraus kumpelhaft sein Knie.

Er sah lächelnd zu mir und nickte. „Das eigentliche Problem war aber gar nicht die Terminüberschneidung.“ Er holte tief Luft, ehe er fortfuhr. Irritiert hob ich eine Augenbraue.

„Ich hatte eine Frau“, sagte er und ich konnte ihm förmlich anhören, wie viel Überwindung ihn diese Worte kosteten. „Ihr Name war Marie. Wir lernten uns auf der Highschool kennen und gingen im letzten Schuljahr miteinander aus. Für mich stand bereits nach dem ersten Date fest, dass ich nie mit einer anderen Frau zusammensein würde wollen.“ Auf seinen Lippen zeichnete sich ein dünnes Lächeln ab, als er in die Erinnerung versank. „Zwei Jahre später machte ich ihr einen Antrag und wir heirateten. Mehr oder weniger Hals über Kopf. Wir hatten unseren Familien nichts von unseren Plänen erzählt. Das Spektakel hinterher kannst du dir sicher vorstellen.“

Oh ja, das konnte ich nur zu gut. Ich wollte mir nicht vorstellen, was los wäre, wenn ich meine Mum und den Rest meiner Familie nicht zu meiner Hochzeit einladen würde. Nicht, dass ich so etwas überhaupt je plante.

„Schon zuvor hatten wir dieses Haus gekauft und renoviert. Die Ranch war ihre Idee gewesen. Sie war vernarrt in diese Hunde, und was soll ich sagen, sie hat mich damit angesteckt. Die Huskys vom zweiten Team gehörten allesamt ihr. Die meisten hatte sie bereits, seit sie noch Welpen waren. Sie liebte die Abgeschiedenheit, unsere gemeinsame Zeit abseits des Alltagsstresses und die Arbeit mit den Hunden. Und ich liebte … *sie*." Die letzten Worte sprach Cole leise, fast schon flüsternd aus. Ich setzte bereits an, um ihm zu sagen, dass es in Ordnung sei, wenn er nicht weiterreden wollte. Doch bevor ich dazu kam, begann er weiterzusprechen. „Die Krebsdiagnose kam aus heiterem Himmel und zog mir den Boden unter den Füßen weg."

Scharf sog ich die Luft ein. Dann wurde mir alles klar. Cole musste es nicht aussprechen. Ich konnte mir vorstellen, wie die Geschichte endete. Und welchen Schmerz er seitdem mit sich herumtrug. Und ich Idiotin hatte zuvor auf eine Partnerin angespielt! Kein Wunder, dass er einen Gefühlsausbruch gehabt hatte.

„Marie war eine wahre Kämpferin, und zuerst sah es tatsächlich gut aus. Doch die Krankheit war letztendlich stärker. An sie verlor ich nicht nur meine Frau, sondern alles, was meinem Leben einen Sinn gab. Ich fiel in ein tiefes Loch, aus dem ich nur mühsam dank der Hilfe von Leuten wie Jenny, Al und Kaya wieder herausklettern konnte. Und obwohl das jetzt schon drei Jahre her ist, habe ich manchmal noch das Gefühl, genau an der Kante zu diesem Abgrund zu stehen. Es bräuchte nur einen leichten Stoß und schon würde ich wieder fallen, verstehst du?“

Stumm nickte ich und fuhr mir anschließend über die Stirn. „Es tut mir so leid, das alles. Dass du das hast mitmachen müssen. Den Verlust, den du erlitten hast. Und es tut mir leid, dass ich vorgestern so bescheuert war, auf eine Beziehung anzuspielen. So etwas gehört sich nicht, und ich kann mich nur entsch- “

„Dich trifft keine Schuld“, unterbrach er mich und drehte sich zu mir. Zum ersten Mal, seit er begonnen hatte zu erzählen, sah er mich wieder direkt an. „Nicht die geringste. Es ist ganz allein mein Problem, dass ich manchmal noch immer nicht … damit umgehen kann und ich sollte wirklich keinen anderen mit reinziehen. Schon gar nicht jemanden wie dich, der sich solche Mühe gibt, mir zu helfen, obwohl du wahrscheinlich gar nicht hier sein willst.“

Ich musste schmunzeln. Hörte ich da ein Kompliment heraus? „Nun, so langsam beginne ich mich an Alaska und seine schrulligen Einheimischen zu gewöhnen.“

Cole lachte und ich stimmte mit ein.

„Ich hoffe, du kannst mir vergeben“, sagte er, als unser Gelächter langsam verebbte.

„Es gibt nichts zu vergeben.“ Das meinte ich wirklich so. „Ich danke dir, dass du mir deine Geschichte anvertraut hast.“ Das machte es tatsächlich etwas einfacher, ihn und sein Verhalten besser einzuordnen. Ich war froh, dass er mich an einem so intimen Teil von sich teilhaben ließ, obwohl er mich kaum kannte.

Mittlerweile hatte sich die Sonne vollends hinter den Berggipfeln emporgehoben und tauchte die Tannen um uns herum in frisches, warmes Licht.

Cole und ich saßen noch eine Weile schweigend da und genossen die kitzelnden Strahlen auf unseren Wangen, ehe wir wieder aufbrachen.

20. Kapitel
Cole

In der vergangenen Woche hatten Hailey und ich uns als Team gut eingespielt. Hailey kümmerte sich nach wie vor hauptsächlich um die Buchungen und nahm die Gäste in Empfang, worin sie mit jedem Tag souveräner wurde. Am Vorabend gingen wir den Plan für den kommenden Tag durch, damit nicht wieder jemand durchs Raster fiel.

Außerdem wurde sie im Umgang mit den Hunden Stück für Stück ruhiger. Wenn ich in der Nähe war, traute sie sich in den Zwinger und wechselte Stroh und Wasser für die Vierbeiner. Ab und zu beobachtete ich sogar, wie sie schmunzelnd über ihre Rücken kraulte, worüber ich immer wieder grinsen musste.

Sie hatte in den wenigen Tagen, in denen sie hier war, einen wirklich großen Sprung gemacht. Von ‚ich sterbe sobald ich einen Hund sehe' zu ‚ich berühre dich vorsichtig'. Darauf konnte sie stolz sein. Und ich war es auch.

Allgemein begann ich ihre Anwesenheit um mich herum mehr und mehr zu genießen. Es war tatsächlich schön, sich abends mit jemandem auf der Couch vor dem Kamin unterhalten und so den Tag ausklingen lassen zu können. Sky ging es mittlerweile wieder so gut, dass ich sie bei den anderen im Zwinger unterbrachte.

Außerdem hatte ich ihr noch zwei andere Touren gezeigt. Eine Rundfahrt durch den Wald und einen Ausflug zum Fluss ganz in der Nähe. Hailey war immer wieder aufs Neue von dem Panorama der Landschaft und der Arbeit der Hunde begeistert, und auch ich begann in diesen Momenten oft, meine Heimat durch meine verbrauchten Augen zu betrachten, als hätte ich sie noch nie zuvor gesehen.

Als ich am Arbeitstisch saß und gerade die Buchhaltung der letzten Tage durchging, dachte ich an einen solchen Augenblick zurück, wobei ich unwillkürlich lächeln musste. Wann hatte mich eine Frau zum letzten Mal so oft zum Lächeln gebracht?

Die Stimme aus dem Radio, welches ich nebenherlaufen ließ, unterbrach den Song von *Wham!* zur Einstimmung auf Weihnachten in zwei Tagen für eine Sturmwarnung.

Vom Westen her zog eine Kaltfront heran, die ein Blizzard werden könnte. Die Schneemengen, die die Stimme ankündigte, waren nicht unbedingt ungewöhnlich für diese Jahreszeit. Aber ich wusste auch, dass sie zu Beeinträchtigungen führen würden. Der Beginn des Sturms wurde bereits für heute Nacht angekündigt.

Gerade als der Moderator geendet hatte, betrat Hailey zusammen mit einer kalten Brise das Haus. Sie zog sich die Mütze vom Kopf. Ihre Wangen waren gerötet von der Kälte und sie lächelte mich an. Ein angenehmes Kribbeln breitete sich in meiner Magengegend aus, das sich unheimlich gut anfühlte und mir gleichzeitig Angst machte.

„Hey, alles gut bei dir?“, fragte sie mit sanfter Stimme.

„Alles bestens“, gab ich zurück und ignorierte das Gefühl in meinem Bauch. „Kleine Planänderung. Wir streichen alle Touren für die nächsten drei, nein, lieber vier Tage und müssen den Zwinger noch wetterfest machen. Außerdem unternehmen wir einen Ausflug nach Healy.“

Hailey runzelte die Stirn und sah mich fragend an: „Wozu?“

„Um Vorräte zu kaufen. Wahrscheinlich schneien wir die nächsten Tage ein.“

21. Kapitel
Hailey

Keine Ahnung, ob der kleine Lebensmittelladen im Dorf schon jemals so leer gewesen war. Die Sachen des täglichen Bedarfs waren beinahe vollständig leergekauft, doch Cole versicherte mir, dass das jedes Mal so war, wenn sich ein Blizzard ankündigte. Dann würde eben nochmal ein bisschen mehr eingekauft.

Er sagte auch, dass wir den Großteil der Sachen ohnehin daheim hätten und ich mir deshalb keine Sorgen zu machen brauchte. Wir rüsteten lediglich nochmal nach.

Als ich auf der Suche nach Eiern weder frische noch Ei-Ersatz fand und stattdessen nach einer Fertigbackmischung griff, schaute mich mein Begleiter schief an.

„Was? Plätzchen gehören an Weihnachten einfach dazu“, verteidigte ich mich und erntete dafür ein albernes Grinsen.

„Wenn du meinst.“ Er zuckte mit den Achseln und stellte Glühwein in den Wagen. „Der gehört auch dazu.“ Verschmitzt zwinkerte er mir zu.

Als wir bezahlt und dem Verkäufer frohe Weihnachten gewünscht hatten, fuhren wir noch zum Fleischer, um Futter für die Hunde zu holen. Zudem wollte Cole im Anschluss zur Tankstelle, um den Pick-up und die Kanister für das Stromaggregat aufzufüllen.

„Kannst du mich vorher vielleicht bei Dana absetzen? Ich wollte sie noch nach ein paar warmen Strumpfhosen fragen“, bat ich ihn.

„Na klar. Ich bin dann in einer Viertelstunde wieder bei dir und hole dich ab.“ Er fuhr mich zu ihrem Laden.

Die warme Luft im ‚Wild Snow‘ war eine willkommene Begrüßung.

„Fängt es etwa schon an zu stürmen?“, fragte mich Dana, die mit einem Bündel Jacken auf dem Arm um die Ecke kam und meine zerzausten Locken betrachtete.

„Oh, ja, der Wind ist schon stärker geworden“, stellte ich fest, derweil ich versuchte, meine Haare zu entwirren.

Dana legte die Jacken auf den Tresen mit ihrer Kasse und beäugte mich freundlich. „Dein erster Blizzard?“

Ich nickte und zog die Kapuze meines Mantels runter.

Dana winkte ab. „Keine Sorge, Schätzchen. Meistens kommen sie eh nicht so schlimm wie angekündigt. Und wenn doch: Na ja, ich könnte mir schlimmeres vorstellen, als mit Cole in einem Holzhaus eingeschneit zu sein.“

Das hatte sie gerade nicht wirklich gesagt! Ich spürte förmlich, wie meine Wangen zu glühen begannen. Dieses verdammte Rotwerden. Mann, war das peinlich.

Schnell wechselte ich das Thema und fragte nach den gefütterten Strumpfhosen. Dana ersparte mir einen Kommentar zu meinem Gesicht – ihr schelmisches Lächeln allerdings war Antwort genug. Sie suchte zu meinem Glück wortlos die Hosen heraus.

„Ach, und Dana", setzte ich an. „Hast du vielleicht noch ein paar dicke Handschuhe in einer großen Größe?" Als sie mich nur entgeistert anschaute, setzte ich erklärend hinterher. „Sie sind für einen Mann."

Unter diesen Umständen wollte ich wirklich ungern zugeben, dass sie für Cole zu Weihnachten waren. Wahrscheinlich dachte sie dann noch, ich wäre in ihn verknallt und würde mich damit ungewollt auf Platz eins des neuesten Dorfklatsches katapultieren.

„Für einen Mann also." Dana lächelte wissend und spätestens jetzt war mein Kopf rot wie eine Tomate. „Warte, ich habe da ein schönes Paar."

Sie verschwand für einen kurzen Moment auf die andere Seite des Ladens. Als sie wiederkam, legte sie ein schwarzes Paar mit rotblauem Stickmuster auf dem Hand- und den Fingerrücken vor mich. Das Design könnte ihm auf jeden Fall gefallen. Auch die Größe müsste passen, soweit ich das mit meinem Blick abschätzen konnte.

Ich lächelte die Verkäuferin an. „Gekauft."

Eilig bezahlte ich und wünschte ihr frohe Festtage, ehe ich den Laden verließ und draußen auf Cole wartete. Ich musste mich dringend etwas abkühlen.

Das Vibrieren des Handys in meiner Hosentasche ließ mich erschrocken zusammenzucken. So wenig, wie das Ding klingelte, vergaß ich immer wieder seine Existenz.

Als ich den Namen auf dem Display sah, presste ich unwissentlich die Lippen aufeinander. Ich war mir unsicher, ob ich mich über den Anruf freuen sollte oder das Gespräch bereits nach wenigen Minuten bereuen würde.

Seufzend wischte ich zur Seite und hielt das Handy an mein Ohr.

„Ein Blizzard?“, ertönte Kimmys Stimme an Ende der Leitung. Ich hatte ihr auf der Herfahrt, sobald ich Empfang hatte, von dem Sturm geschrieben und gebeten, dass sich niemand Sorgen deswegen machen sollte. Sie sollten es nicht erst aus dem Fernsehen erfahren, falls sich dieses Wetterereignis doch zu etwas Größerem entwickelte. Was ich nicht hoffen wollte.

„Das ist hier etwas ganz Normales“, versuchte ich locker zu klingen.

„Hast du keine Angst? Also ich an deiner Stelle hätte ja tierisch Schiss.“

Ich verdrehte die Augen. Warum neigte meine gesamte Familie eigentlich immer dazu, mir Gefahren einzureden, über die ich mir bewusst war? Es nervte, doch ich ließ mir nichts anmerken.

„Wir haben jede Menge Vorräte, sodass wir einige Tage abgeschnitten von der Außenwelt überstehen werden. Außerdem bin ich ja nicht alleine."

Ich hätte mir am liebsten vor die Stirn geklatscht, als ich bemerkte, wie das klang. Meine Schwester nahm den Faden sofort auf.

„Ach ja, stimmt. Da ist ja noch dieser Cole", säuselte sie. „Wie läuft es eigentlich mit ihm?"

„Gut", antwortete ich gepresst. Ich wollte wirklich nicht mit Kimmy über ihn reden. Nicht, da sie sich jetzt ohnehin gewisse Dinge zusammenfantasierte, die sie nichts angingen. Und die meilenweit entfernt von der Realität waren. Cole und ich standen in einem Arbeitsverhältnis zueinander, auch wenn es nicht so streng war. Nicht mehr und nicht weniger.

„Nur gut? Vielleicht würde es etwas besser laufen, wenn du ein bisschen mehr aus dir rauskommen würdest."

„Kimmy …" Ich wollte sie am liebsten zum Schweigen bringen. Mir war die Kritik in ihrer Aussage durchaus bewusst. Ich war sicher, dass Kimmy den genervten Unterton in meiner Stimme nicht überhörte.

„Ich meine ja nur. Mit einem Kerl tagelang eingeschneit zu sein, klingt für meine Ohren gar nicht so schlecht."

Dem konnte ich nur zustimmen. Meine Schwester war das Selbstbewusstsein in Person und würde garantiert nichts anbrennen lassen. Wieso musste sie sich nur immer mit mir vergleichen? Konnte sie nicht akzeptieren, dass ich eben ein anderer Typ war und dass ich gewisse Dinge lieber in meinem eigenen Tempo anging?

Worüber ich in dieser Angelegenheit überhaupt nicht diskutieren musste, weil da zwischen mir und Cole nämlich nichts war. Nicht. Das. Geringste.

In der Ferne entdeckte ich seinen Pick-up und atmete erleichtert auf. „Kimmy, ich muss Schluss machen. Grüß Mum und Dad von mir, ja."

„Ja, aber …" Ich wusste, dass es nicht gerade die höflichste Art war, aber ich legte einfach auf. Da musste meine Schwester jetzt durch.

22. Kapitel
Hailey

Das da draußen hörte sich nicht wie ein Blizzard, sondern wie der nächste Weltkrieg an. War das ganz sicher nur ein Sturm?

Mit bis zur Nase hochgezogener Decke lag ich in meinem Bett unter der dicken Daunendecke und versuchte mir einzureden, dass vor dem Haus nicht gerade Godzilla gegen King Kong kämpfte.

Im Laufe des Abends hatten Cole und ich noch alles Wichtige erledigt: Ich hatte die Kunden der nächsten Tage angerufen, ihre Termine abgesagt und neue vereinbart. Zum Glück hatten alle Verständnis. Währenddessen hatte sich Cole um die Hunde, den wetterfesten Zwinger mit ausreichend Stroh und das Stromaggregat gekümmert.

Mit unnachgiebiger Härte peitschte eine weitere Böe gegen das Fenster über mir und ich zuckte im Bett zusammen.

Gerade, als der Sturm richtig an Kraft aufnahm, war Cole fertiggeworden und wir hatten anschließend zusammen Abendbrot gegessen – Tortellini mit Käsesahnesoße. *Nudeln sind anscheinend Coles*

Ding, dachte ich und musste bei der Erinnerung an das gemeinsame Abendessen und unsere ausgelassenen Gespräche schmunzeln.

Ein krachender, berstender Laut dröhnte durch das Schlafzimmer. Sofort saß ich aufrecht im Bett. War etwa ein Baum auf oder an das Haus gefallen?

Okay, das war's. Länger hielt ich es hier nicht mehr aus.

Ich sprang aus dem Bett, zog mir meine dicksten Strümpfe an und stiefelte in die Küche. So schnell fand ich heute Nacht bestimmt keinen Schlaf, deshalb entschied ich mich, mir einen heißen Kakao zu machen und mich anschließend vor den Kamin zu setzen.

Während ich die Milch in einem Topf auf dem Herd erwärmte, legte ich im Kamin nochmal Holz nach. Das Feuer war schon fast heruntergebrannt.

„Noch wach?"

Coles Stimme ließ mich erschrocken herumfahren. Er stand halb auf der Treppe und blickte zu mir in den Wohnbereich. Ich war so überrascht, ihn ebenfalls noch wach anzutreffen, dass ich kurz nach Worten suchen musste. Dass er nur seine schwarzen Boxershorts und ein graues T-Shirt trug, machte das Ganze nicht gerade leichter.

Mein Blick glitt zwar nur kurz über seine Beine. Aber was ich sah, war muskulös und kräftig – und gefiel mir. Ebenso wie seine leicht verwuschelten

Haare. Sein weicher Blick und das Lächeln, das um seine Lippen spielte, gaben mir dann noch den Rest.

Wie sich diese Lippen wohl anfühlen würden?

Oh je, abends um diese Uhrzeit solche Gedanken zu haben, war definitiv nicht angebracht.

Zumindest nicht unter den derzeitigen Umständen. Ich arbeitete für ihn. Seinen Chef schmachtete man nicht an. Das tat man einfach nicht.

„Japp", rief ich aus und tänzelte zurück zur Milch, damit sie nicht auf dem Herd anbrannte. „Während sich da draußen eine der sieben Plagen abspielt, fällt es mir leider sehr schwer, auch nur ein Auge zuzumachen", versuchte ich zu scherzen und rührte mit einem Schneebesen im Topf.

Dann kramte ich im Schrank nach dem Kakao.

„Ich hoffe, es ist okay, wenn ich mir derweil etwas zu trinken mache?" Ich schaute lächelnd über die Schulter.

Cole kam näher und blickte neugierig in den Topf. „Klar, wenn ich auch etwas davon abkriege."

Danach lehnte er sich hinter mir an den Tresen.

„Zu Befehl", lachte ich und goss noch etwas mehr Milch in den Topf. Es war ein ungewohntes Gefühl, Cole so nah hinter mir zu wissen, während er so leicht bekleidet war.

Wie als hätte er meine Gedanken gelesen, sagte er plötzlich: „Schickes Outfit übrigens."

Ich drehte mich zu ihm und er deutete auf meinen

Körper. An meinen Füßen trug ich dicke Winterstrümpfe, die an den Außenseiten einen Weihnachtsmann zeigten – aber immerhin waren sie schön warm! Darüber eine Karounterhose und einen dunkelgrünen Hoodie.

Mit solchen Klamotten bekam man keinen Mann der Welt rum, aber das wollte ich immerhin auch nicht. Oder doch?

Bevor ich schon wieder rot werden konnte, wehrte ich ab: „Besser als halbnackt durch die Bude zu rennen."

Ich hörte ihn hinter mir lachen, während ich den Kakao zur Milch kippte und alles kräftig verrührte. „Nur gut, dass das meine Bude ist."

Cole stellte eine Flasche mit dunkler Flüssigkeit neben mich und öffnete sie. „Und weil das meine Bude ist, gibt es auch heiße Schokolade à la Coles Ranch." Ehe ich mich versah, hatte er auch schon einen Schuss Rum in den Topf geschüttet.

„Hey, was machst du da?" Irritiert sah ich ihm zu, wie er zwei Tassen holte und sie befüllte.

„Kakao mit Schuss. Noch nie getrunken?"

Ich schüttelte mit dem Kopf und nahm die Tasse an, die er mir reichte.

„Hilft gegen Kälte und Angst vor seinem ersten Blizzard", sagte er und sah mich hinter seincr Tasse wissend an.

Nachdem wir angestoßen hatten und ich zugeben

musste, dass heiße Schokolade mit Schuss das Potential zu meinem neuen Lieblingsgetränk hatte, fuhr mein nächtlicher Besucher fort: „Ich weiß noch, als ich hier draußen das erste Mal eingeschneit bin. Weit weg vom Dorf und nur mit Marie und den Hunden. Ich hatte zwar schon so einige Blizzards mitgemacht, aber das war dann doch eine ganz neue Erfahrung für mich. Ich dachte jeden Moment, es fegt uns weg."

Ich nickte und stellte die Tasse auf den Tresen neben mir. „Ja, vorhin hörte es sich an, als wäre ein Baum umgebrochen."

„Das ist gut möglich. Durch das Eis und die Schneelast kommt das öfter vor, als du denkst. Auch ohne Sturm."

Das klang nicht sehr beruhigend. „Sicher, dass wir nicht von so einem Monstrum erschlagen werden können?" Die Frage war ernst gemeint.

Cole winkte ab. „Keine Sorge. Die meisten Bäume stehen weit genug vom Haus weg, da passiert nichts. Und das Dach und die Balken sind mehr als stabil. Dieses Haus hat schon so einige Stürme überstanden, da übersteht es auch diesen."

Mir war klar, dass er damit mehr meinte als nur ein Wetterereignis. Deshalb spielte ich schnell auf ein anderes Thema an, um keine schmerzhaften Wunden aufzureißen. „Und die Hunde?"

„Denen geht es gut. Ich kann den Zwinger vom Dachfenster aus beobachten. Willst du mal sehen?"

Klar, warum nicht?

Ich bejahte seine Frage und folgte ihm ins Obergeschoss. Nach der Treppe folgte ein offener Raum, direkt unter der Dachschräge. Die Farbe der Holzbalken und einige kleine Lampen strahlten eine ebenso angenehme Wärme aus wie im Rest des Hauses.

Rechts von der Treppe stand ein breites Doppelbett in Holzoptik, daneben Nachttischschränke und eine Leselampe. Besonders angetan war ich von den Bücherregalen, die unter dem Ende der Schräge perfekt in diese und die gegenüberliegenden Wand integriert waren. Cole schlief praktisch inmitten von Büchern.

Auf der anderen Seite schloss sich eine Tür an. Vermutlich lag hier sein Badezimmer.

„Komm her“, stoppte er meine neugierigen Blicke und rief mich neben sich. Mit einer starken Taschenlampe leuchtete er aus dem Dachfenster, gegenüber von seinem Bett, auf das Gelände der Hunde. Im Freilauf war kein einziger zu sehen, sie hatten sich alle verkrochen.

„Denen macht das nichts aus. Die haben sich schön ins Heu gekuschelt, aber es würde mich auch nicht wundern, wenn ein paar von ihnen draußen liegen würden. Immerhin wurde diese Rasse gezüchtet, um solche Stürme auch ohne Schutz unbeschadet zu überstehen.“

Hunde, die freiwillig in der Kälte schlafen, schmunzelte ich und dachte belustigt an etliche kleine und dicke Vierbeiner, die in Atlanta bei Regen mit Mänteln umherliefen.

„Das ist schon beeindruckend“, gab ich zu und wandte mich wieder vom Fenster ab. Nur um erneut zu staunen.

Erst jetzt fielen mir die beiden Panoramafenster auf, die das eine Ende des Dachgiebels markierten. Von Coles Bett aus hätte man den perfekten Ausblick auf die winterliche Landschaft.

Wenn man denn etwas sehen könnte. Im Moment entdeckte ich nur Schneeflocken, die vor den großen Fenstern tobten.

„Wow“, entfuhr es mir, dabei trat ich wie ferngesteuert näher an sie heran.

Cole trat neben mich und fuhr mit seiner Hand über den Fensterrahmen. „Ja. Es war Maries Idee. Sie liebte so große Fenster. Ich hielt sie für unnötige Energieverschwender. Aber letztendlich habe ich sie dann doch eingebaut, und was soll ich sagen, sie hatte recht. Ich genieße jeden Blick, den ich durch sie hindurchwerfen darf.“

Ich wandte mich ihm lächelnd zu. Mit mir ringend, die richtigen Worte in solch einer Situation zu finden. „Gut, dass du auf sie gehört hast. Das war definitiv eine geniale Idee.“

Cole nickte und schenkte mir ebenfalls ein ehrliches Lächeln, um das trotzdem ein Funke Traurigkeit lag. Ob dieser wohl je verschwinden würde?

Ich konnte mir vorstellen, dass stets eine gewisse Trauer blieb, wenn man jemanden verloren hatte, der einem so viel bedeutete. Und ich fühlte mit ihm.

„Hey, ich sollte besser wieder in mein Zimmer gehen und versuchen zu schlafen." Ich räusperte mich und zeigte Cole meine leere Tasse Kakao. Keine Ahnung, wann das passiert war.

Fakt war, er hatte verdammt gut geschmeckt und der Alkohol drehte ein bisschen. „Danke für den Spezialkakao. Wenn ich jetzt einmal eingeschlafen bin, bekomme ich bestimmt nicht mehr mit, wenn ein Baum auf uns stürzt." Ich zwinkerte ihm zu und wollte gerade zur Treppe gehen, als ein krawallartiger, berstender Laut mich erschrocken zurückspringen ließ. Die Bewegung war so ruckartig, dass ich das Gleichgewicht verlor und gegen Coles Brust stolperte. Glücklicherweise reagierte er blitzschnell und fing mich auf.

Mein Puls schoss in die Höhe, durch die Mischung aus Angst und seiner plötzlichen Nähe. Unsicher blickte ich zu ihm auf und sah, dass er mich anlächelte.

„Okay, der Baum ist jetzt aber ganz bestimmt irgendwo eingeschlagen", räusperte ich mich und trat einen Schritt zurück. Nur um festzustellen, dass mir seine schützende Wärme sofort zu fehlen begann. Unsicher blickte ich in das Treppenhaus hinab. War ich eben noch überzeugt, dass mich der Alkohol in einen sicheren Schlaf wiegen würde, war ich mir jetzt nicht mehr sicher.

„Du kannst auch bei mir schlafen, wenn du willst." Cole schien meine Bedenken zu bemerken, anders konnte ich mir sein Angebot nicht erklären. Wahrscheinlich schaute ich ihn an wie einen Außerirdischen, weshalb er eilig hinzufügte: „Die andere Bettseite ist ohnehin immer gemacht und außerdem breit genug, um Abstand zu halten." Cole fuhr sich durch seine Haare und lächelte schief. „Nur, wenn du willst."

Hatte er mir gerade wirklich angeboten, in seinem Bett zu schlafen? Neben ihm? Okay, jetzt wurde ich wahrscheinlich doch wieder rot.

„Ist schon in Ordnung. Du musst das wirklich nicht tun", wollte ich charmant ablehnen, obwohl ein gewisser Teil in mir der Vernunft widersprach. Wahrscheinlich war das der Teil, bei dem der Alkohol zu wirken begann.

„Du musst dich nicht gezwungen fühlen oder so. Aber zusammen hat man meist weniger Angst als allein." Rang er da etwa um Worte?

„Das ist wirklich nett von dir", versuchte ich es noch einmal, doch anscheinend übernahm der andere Teil in mir gerade das Kommando. „Vielleicht ist das gar nicht die schlechteste Idee."

Cole lächelte mich warm an, ehe wir beide zum Bett gingen und ich das Laken zurückschlug. Derweil löschte Cole die übrigen Lichter im Raum.

„Gute Nacht, Hailey“, sagte er und ich kuschelte mich tief in die Matratze und unter die Decke, mit dem Gesicht zu den Panoramafenstern.

Während draußen der Blizzard tobte, flüsterte ich mit wild klopfendem Herzen: „Gute Nacht, Cole.“

23. Kapitel
Cole

Ich betrachtete Haileys goldene Locken, die einen Blick auf ihren Nacken freigaben und fragte mich, was bloß in mich gefahren war.

Seufzend lehnte ich mich zurück ins Kissen und fuhr mit den Händen über mein Gesicht. Das alles fühlte sich merkwürdig an. Nein, nicht unbedingt merkwürdig. Da waren einfach viel zu viele Gefühle, die einen aufregenden Cocktail bildeten.

Wie lange war es her, dass ich das letzte Mal neben einer anderen Frau aufgewacht war? Die Wahrheit war: Ich wusste es ganz genau.

Es war kurz vor Maries Tod gewesen. Die Erinnerung stach schmerzhaft in meiner Brust.

Mir war klar, dass ich mich nicht schlecht fühlen musste, mit einer anderen Frau das Bett zu teilen. Trotzdem kam ich mir wie ein Verräter vor. Wie jemand, der fremdging. Obwohl das natürlich kompletter Quatsch war.

Wir hatten nur nebeneinander geschlafen. Und selbst wenn da mehr gelaufen wäre, was wäre schon dabei? Marie hatte nie gewollt, dass ich für den Rest meines

Lebens ein einsames Dasein fristete. Sie wäre sicher nicht wütend auf mich.

Der Einzige, der unsicher war, war ich selbst.

Ich versuchte, die Gefühle einfach so zu nehmen, wie sie waren, so wie ich es über Trauerbewältigung gelesen hatte. Ändern konnte ich sie gerade eh nicht.

Doch neben diesen Schuldgefühlen gab es auch einen Teil in mir, der sich zu Hailey hingezogen fühlte. Einen Teil, der jeden Morgen neben ihr aufwachen wollte, um ihren vanilligen Duft einatmen und ihr Lächeln sehen zu können.

Etwas, das sich absolut wunderbar und richtig anfühlte.

Schluss damit, maßregelte ich mich. Es war viel zu früh für solche Gedanken!

Neben mir tat sich etwas. Hailey drehte sich zu mir um, die Augen noch immer geschlossen.

Mein Blick glitt über ihre langen Wimpern, zu ihrer Nasenspitze und blieb schließlich an ihren rosigen Lippen hängen.

Wie es sich wohl anfühlen würde, sie zu berühren? Würde sie ebenso gut schmecken, wie sie duftete?

Ich spürte, wie sich etwas ganz anderes in mir regte. Etwas, von dem ich geglaubt hatte, es auf ewig verloren zu haben.

Verlangen.

Okay, das reichte. Es fühlte sich absolut falsch an, sie zu begaffen, während sie schlummerte.

Ehe ich noch komplett neben ihr durchdrehte, sprang ich aus dem Bett und verschwand im Bad. Die lauwarme Dusche half mir, mich wieder aufs Wesentliche zu konzentrieren. Immerhin hatten wir jede Menge zu tun.

Nachdem ich mich fertiggemacht hatte, weckte ich Hailey und trat aus dem Haus. Der Sturm hatte sich weitestgehend beruhigt, was gut war. Das würde einiges leichter machen. Weniger gut war der Meter Schnee, der über Nacht neu gefallen war.

Glücklicherweise hatte ich die Fräse bereits am Abend zuvor auf der Terrasse präpariert. Sobald ich mir mit dem Schneeschipper einen Weg zu ihr gebahnt und sie von den Flocken befreit hatte, konnte es losgehen.

Mit lautem Geknatter erwachte sie zum Leben. Sehr gut.

Stück für Stück arbeitete ich mich um das Haus zu den Hunden vor. Mein Wagen war komplett eingeschneit und auch der Eingang zum Schuppen war hinter einer weißen Schneewehe verschwunden.

Puh. Mit einem gequälten Lächeln dachte ich an unseren ersten Winter hier zurück. Als ich noch keine Schneefräse besessen hatte und das alles mit der Hand schippen musste.

Auch wenn ich sonst nicht unbedingt ein Freund von ihr war, aber in diesem Fall galt ganz klar: Ein

Hoch auf die Technik.

Die Hunde hüpften in ihrem Gehege aufgeregt durch den Neuschnee. Sie hatten sich bereits einen Weg aus der Öffnung im Zwinger gegraben.

Typisch Husky. Ich grinste und begrüßte die Bande am Zaun.

Kurz darauf hatte ich mir den Weg bis zur Tür gebahnt. Bevor ich hier weiterfräsen konnte, musste ich mir zuerst von jedem einzelnen einen feuchten Kuss abholen.

„Ja, ja, Ace. Ich dich auch“, lachte ich, als mein Leithund mal wieder nicht von mir lassen wollte. „So, wollen wir doch mal schauen, wie es bei euch aussieht.“

Ich arbeitete mich zu ihrem Unterschlupf durch, während ein paar der Huskys nach dem zur Seite schießenden Schnee schnappten, und warf einen Blick ins Innere.

Alles war heil geblieben. Zwinger wie Hunde. Erleichtert atmete ich auf und kuschelte noch eine Runde mit dem Rudel, ehe ich zurück zum Haus ging.

Von der Küchenzeile her duftete es nach Spiegelei und Bacon. Ich entdeckte Hailey an der Kaffeemaschine, die mir gerade eine Tasse ausschenkte.

„Das riecht großartig“, begrüßte ich sie, während ich meine Jacke aufhängte.

Sie warf mir ein schüchternes Lächeln zu. „Ich hoffe, es *schmeckt* auch großartig. Da ich eher der süße Typ bin, habe ich etwas improvisiert“, entgegnete sie und zeigte auf die Schüssel Cornflakes auf dem Tresen neben sich.

Ich stibitzte mir einen Streifen Bacon aus der Pfanne und schmatzte genüsslich, bevor ich den Daumen hob und mir aufschaufelte.

„Wie hast du geschlafen?", fragte ich, als ich mich zu ihr gesetzt hatte.

Haileys Wangen röteten sich mal wieder, weshalb ich schmunzeln musste. Diese Frau konnte nichts verheimlichen.

„Besser als im Gästezimmer."

„Das freut mich", meinte ich ehrlich und nahm einen großen Schluck von meinem Kaffee. „Du musst auf jeden Fall ausgeruht sein für das, was wir nachher vorhaben."

Sie schaute mich entgeistert an. „Was haben wir denn vor?"

„Der Sturm scheint sich etwas beruhigt zu haben. Es hat die Nacht eine ganze Menge geschneit. So viel, dass ich annehme, dass die meisten Bewohner außerhalb von Healy eingeschneit sind. Wie wir theoretisch auch. Mit einem Unterschied: Wir haben die Huskys."

Ich musste mir ein Grinsen verkneifen, als sich der wissende Ausdruck auf Haileys Gesicht breitmachte.

„Was bedeutet, wir fahren, sobald es hell wird, Richtung Healy und gucken, wo wir helfen können. So machen wir das jedes Mal, wenn es einen Blizzard gab."

Hailey ließ ihren Löffel sinken. „Du meinst, du fährst ins Dorf. Schließlich haben wir nur einen Musher."

Jetzt musste ich sie doch anlächeln. „Ab heute gibt es einen weiteren. Mit Namen Hailey Dun."

24. Kapitel
Hailey

Der Kerl war doch komplett übergeschnappt! Nie und nimmer konnte ich dieses Gespann führen. Doch Cole hatte meine ersten Proteste längst übergangen und reihte weiterhin das Team ein, mit dem Kaya in der Regel fuhr.

„Warum sollten sie überhaupt auf mich hören? Sie kennen mich doch gar nicht. Brauchen die nicht so etwas wie ein Alphatier? Beziehungsweise Mensch."

„Keine Sorge", antwortete Cole, während er einen weiteren Husky an der Zentralleine befestigte. „Schlittenhunde hören auf jeden. In der Vergangenheit wurden diese Rassen oft zwischen den Mushern getauscht, sodass das ohne weiteres klappt." Er winkte mich zu sich. Mit weichen Knien folgte ich.

„Das hier ist Snow. Er ist dein Leithund." Er streichelte dem schneeweißen Rüden an der Spitze des Gespanns über die Flanke.

„Hi, Snow", begrüßte ich ihn so freudig wie möglich und wuschelte zwischen seinen Ohren.

„Er ist total lieb und sehr souverän. Du wirst sehen, es wird alles gut gehen. Und ich bin ja auch noch da."

Ich konnte nicht nachvollziehen, wie sich Cole so sehr darüber freuen konnte, während ich mir vor Angst sprichwörtlich in die Hosen machte.

Was, wenn ich vom Schlitten fiel und die Hunde ohne mich weiterrannten? Oder wenn sie ein Reh sahen und durch das Unterholz bretterten? Oder …

„Hey, Hailey. Das klappt. Vertrau mir“, riss mich Cole aus meiner Gedankenspirale. „Außerdem werden wir nicht besonders schnell sein. Dafür liegt der Schnee zu hoch. Komm her.“ Er griff nach meiner behandschuhten Hand und führte mich zum Schlitten. Jetzt beschleunigte sich mein Puls nicht nur wegen den Hunden.

Cole bedeutete mir, auf die Kufen des Schlittens zu steigen und zeigte mir, wie und wo ich mich festhalten musste. Dabei trat er so nah an mich heran, dass ich seinen warmen Atem auf meiner Wange spüren konnte.

Wieder war da das wohlige Kribbeln in meinem Bauch und sobald er von mir weggetreten war, vermisste ich seine Nähe.

Reiß dich zusammen, tadelte ich mich. *Ich habe jetzt keine Zeit für Schwärmereien!*

Zuerst musste ich dafür sorgen, dass ich mir nicht den Hals brach.

„Als Kommando verwendest du für los ‚Go‘, für links ‚Hi‘, für rechts ‚Haw‘ und zum Anhalten rufst du ‚How‘.“

Okay, vier Wörter. Das bekam ich hin.

„Alles klar." Cole strahlte übers ganze Gesicht. Ich zwang mich, sein Lächeln zu erwidern. „Alles klar", stimmte ich zu, obwohl ich am liebsten weggelaufen wäre.

Er stellte sich auf die Kufen seines Schlittens und bedeutete mir, die Bremse zu lösen, die im Schnee verankert war.

„Los geht's." Er zwinkerte mir zu und gab das Kommando zum Starten.

Ehe ich mich versah, tat ich das Gleiche und führte ein ganzes Huskyrudel.

25. Kapitel
Hailey

Ich konnte nicht glauben, dass ich nicht vom Schlitten fiel oder irgendetwas anderes Schlimmes passierte. Und noch weniger konnte ich glauben, dass ich auch noch Spaß bei der Sache hatte!

Doch, im Ernst. Es fühlte sich unglaublich gut an, auf dem Schlitten zu stehen und sich zusammen mit den Hunden einen Weg durch den tiefen Schnee zu bahnen. Was den Hunden besser gelang als mir. Wobei ich ganz schön ins Schwitzen kam.

Trotzdem. Das hier war wahnsinnig cool. Ich war jedes Mal absolut stolz, wenn Snow auf meine Kommandos hörte und die Hunde vor Freude an ihrer Arbeit aufjaulten.

Ich konnte nicht sagen, wie lange es insgesamt gedauert hatte, bis wir die Zufahrt zu Healy passierten, die Gott sei Dank schon geräumt war und dank der sich die Hunde wieder schneller fortbewegen konnten. Fakt war allerdings: Die Zeit war viel zu schnell vergangen.

Als wir die ersten Häuser erreichten, stoppte Cole sein Gespann vor mir und ich tat es ihm gleich. Er zeigte mir, wie ich die Bremse im Boden befestigte, um die Hunde zu sichern.

Hechelnd und trotzdem schwanzwedelnd schauten mich die Huskys vor meinem Schlitten an. Anscheinend waren sie noch weit entfernt davon, erschöpft zu sein. Wahrscheinlich war das hier erst die Aufwärmübung für sie gewesen.

Ich tätschelte Snow noch einmal die Schnauze, ehe ich Cole ins Diner folgte.

Zu meiner Freude stellte ich fest, dass der Raum angenehm beheizt war, was anscheinend eine ganze Menge Einheimische ebenfalls begrüßten. Der Laden war brechend voll.

Mein Begleiter und ich suchten uns einen Platz an der Bar, wo uns kurz darauf Jenny erkannte.

„Hey, alles gut bei euch? War ja ganz schön heftig, die Nacht“, begrüßte sie uns hinter dem Tresen und schenkte ungefragt zwei Tassen Kaffee ein.

„Ja, das stimmt. Aber wir hatten Glück, es ist alles heil geblieben. Wie sieht es hier aus?“, hakte Cole nach.

Sie holte schnell neue Gläser, ehe sie gehetzt antwortete. „Der Strom ist ausgefallen. Die meisten Leute haben zwar ihre Notstromaggregate an, aber ein paar sind auch hierhergekommen, um sich aufzuwärmen. Zudem kommt der Schneepflug kaum rum. Aber das ist ja immer so.“

Sie zuckte bei den Worten, die ich bisher nur aus

dem Fernsehen kannte, nur mit den Schultern. Ich staunte über ihr entspanntes Verhalten.

Klar, Cole und mir ging es gut und es fehlte uns an nichts. Dennoch kamen mir die vergangenen Stunden ziemlich unwirklich vor.

Ich erinnerte mich, dass ich vielleicht meiner Familie Bescheid geben sollte, dass alles in Ordnung war, und tippte schnell eine Nachricht an Kimmy, ehe ich das Handy wieder wegsteckte.

„Ja, bei den Schneemassen wird das wahrscheinlich noch eine ganze Weile dauern, bis alle Zufahrten wieder frei sind. Können wir vielleicht sonst irgendwie helfen? Schnee schippen oder so?“

Jenny überlegte, ehe ihr ein Licht aufzugehen schien. „Warte mal, Doc braucht, glaube ich, jemanden.“ Sie beugte sich über den Tresen und rief ihn zu sich. „Hey, Cole ist hier. Mit den Hunden. Vielleicht kann er dir helfen.“

Ein weißhaariger Kopf erhob sich aus einer Traube Männer, die um einen der Dinertische standen. Der ältere Herr schaute sich zuerst suchend um, ehe er uns erblickte und herübergeeilt kam.

„Cole, ein Glück, dass du hier bist. Du hast die Hunde dabei?“, fragte er, dabei ignorierte er mich. Ich nahm es ihm nicht übel. Offensichtlich war er ganz schön aufgeregt.

„Ja, können wir dir helfen?“, fragte Cole und zeigte zu mir.

Erst jetzt nahm mich der Mann wahr und schüttelte eilig meine Hand. „Ich hoffe, ja. Al hat mich vor einer Viertelstunde angerufen. Dana scheint es überhaupt nicht gut zu gehen. Aber da sie so weit außerhalb wohnen, kommen weder ich noch ein Krankenwagen zu ihnen. Der Schneepflug ist gerade in einer ganz anderen Ecke unterwegs und selbst wenn er jetzt anfängt, ihre Straße zu räumen, wird es noch eine ganze Weile dauern, ehe er fertig ist."

Er klang verzweifelt, was ich nur zu gut verstehen konnte. Als ich Danas Namen hörte, machte ich mir augenblicklich Sorgen um die nette, ältere Frau.

Cole runzelte die Stirn. „Mit den Hunden sollten wir zu ihrem Haus durchkommen." Auch er schien sich Gedanken um Dana zu machen.

Erleichterung zeichnete sich auf dem Gesicht des Arztes ab. „Großartig. Ich gebe Al Bescheid. Am besten, wir brechen sofort auf", sagte er und zeigte auf seine schwere, lederne Tasche in der Hand.

26. Kapitel
Cole

Die Hunde sanken immer wieder in den Neuschnee ein. Da ich die Spur vorgab und Hailey und der Doc hinter mir waren, hatte mein Gespann die meiste Arbeit zu verrichten.

Aber Ace und das Team machten es super. Immer wieder sprangen die Huskys mit unbändiger Kraft aus dem Schnee und zogen uns weiter in Richtung Danas und Als Haus. Es lag ungefähr genauso weit entfernt von Healy wie mein Haus. Nur in der entgegengesetzten Richtung.

Nach etwa einer halben Stunde kam es endlich in Sichtweite und Al begrüßte uns mit winkenden Armen. Er hatte bereits einen Teil des Weges freigefräst, sodass die letzten paar Meter schneller gingen.

„Ein Glück, dass ihr hier seid“, begrüßte er uns. Ich konnte ihm deutlich ansehen, wie erleichtert er war, uns zu sehen. „Dana liegt auf dem Sofa. Bitte, kommt schnell rein.“

Ich ließ Doc den Vortritt, ehe ich gemeinsam mit Hailey die Hunde sicherte und ihm anschließend folgte.

„Oh, Dana, was hast du denn da nur wieder gemacht?“, fragte der Arzt und kniete sich neben sie.

Sie antwortete mit schmerzverzerrtem Gesicht: „Ich weiß auch nicht. Der Strom ist ausgefallen und ich wollte in den Keller, um nach dem Generator zu sehen. Da wurde mir plötzlich schwindelig und ich bekam dieses Stechen in der Brust.“ Auf ihrem Gesicht erschien eine schmerzverzerrte Grimasse.

Der Doc kramte in seiner Tasche nach seinem Stethoskop und hörte ihre Brust ab.

„Es könnte ein leichter Herzinfarkt sein“, sagte der Arzt schließlich. Im gesamten Raum wurde es totenstill. Die Spannung zwischen allen Anwesenden war nahezu greifbar. „Das wird schon wieder, Dana“, versuchte Doc, ihr Mut zuzusprechen. „Wichtig ist nur, dass wir dich schnellstmöglich in ein Krankenhaus transportieren, damit du versorgt werden kannst. Und dafür habe ich Verstärkung mitgebracht.“

Er zeigte hinter sich auf uns.

Danas missmutiger Gesichtsausdruck wich augenblicklich einem leichten Lächeln. „Cole und Hailey!“

Mehr musste sie nicht sagen. Ganz offensichtlich freute sie sich, dass sie dieses Martyrium nicht allein überstehen musste.

„Okay, der Plan ist der …“, begann Doc zu erklären.

Ich wies Hailey an, die Plane ihres Schlittens aufzumachen. Al stattete derweil den Boden mit dicken Decken aus, damit er so gut wie möglich gepolstert war. Anschließend stützten wir Dana bis zum Schlitten, in den sie sich vorsichtig setzte und mit weiteren Decken überhäuft wurde.

„Das sieht gut aus“, sagte der Doc und drückte noch ein paar Decken zurecht. „Du machst das sehr gut, Dana.“

Auch wenn sie hart im Nehmen war, sah ich ihr deutlich an, dass sie Angst hatte. Ihre Stirn lag in Falten und in ihrem Blick stand pure Sorge. Verständlich, in ihrer derzeitigen Lage.

„Hey, wir bringen dich sicher nach Healy. Die Hunde schaffen das. Und du auch“, redete ich ihr gut zu. Sie drückte zum Dank meine Hand.

Dann ging ich zurück zu meinem Schlitten. Der Doc wechselte noch ein paar Worte mit Al, der zurückbleiben und auf den Schneepflug warten musste, ehe er sich in meinen Schlitten setzte und wir aufbrechen konnten.

Dadurch, dass wir auf dem Herweg schon eine Spur gezogen hatten, kamen die Hunde auf dem Rückweg wesentlich leichter voran, trotz des schweren Gewichts, das sie zu ziehen hatten. Wir erreichten das Dorf in der Hälfte der Zeit. Dort angekommen, bestellte Doc sogleich einen Hubschrauber. Glücklicherweise schien dieser frei zu sein – was nicht selbstverständlich war, bei dem Chaos, das größtenteils in der Umgebung herrschte.

„Gleich hast du es geschafft.“ Sanft drückte ich Danas Schulter.

Schon nach ein paar Minuten hörten wir den Krach des Hubschraubers. Als er in Sichtweite kam, seufzte Dana: „Damit bin ich mindestens für die nächsten zwei Monate das Gespräch von Healy.“

Ich lachte. „Das auf jeden Fall.“

Der Hubschrauber landete ganz in der Nähe und seine Rotorblätter bliesen uns eisige, mit Schneekristallen durchsetzte Luft ins Gesicht. Die Hunde fanden dieses Monstrum äußerst interessant und hingen sich jaulend in ihre Geschirre.

Zwei Männer sprangen heraus und halfen uns, Dana in den Laderaum zu transportieren.

„Seht bitte nach Al, ja“, rief sie uns noch zu, ehe sie hinter den Türen verschwand.

Ich konnte innerlich nur mit dem Kopf schütteln. Typisch Dana. Stets war sie mehr um andere besorgt als um sich selbst.

Als der Hubschrauber wieder abhob, wandte ich mich zu Hailey um. In ihren Augen stand faszinierter Unglaube.

27. Kapitel
Hailey

„Du hast dich gut geschlagen heute. Das meine ich ernst“, lobte mich Cole, während er die Gulaschsuppe abschmeckte.

Nachdem wir die Hunde versorgt hatten, die sich förmlich auf ihr Futter stürzten, waren wir heiß duschen gegangen. Getrennt natürlich! Es war ja völlig absurd, das gemeinsam zu tun. Auch wenn ein Teil in mir absolut nichts dagegen hätte, mit ihm unter den heißen Regen zu steigen. Während meine Hände seine muskulösen Oberschenkel erkundigten und durch seine nassen Haare strichen …

Okay, Schluss damit. Wenn das so weiterging, würde ich ihm bald nicht mehr unter die Augen treten können, ohne sofort rot anzulaufen.

Immerhin spürte ich so, wie langsam meine Lebensgeister zurückkamen. Vorhin war ich vollkommen durchgefroren und gleichzeitig nassgeschwitzt gewesen. Eine sehr unangenehme Erfahrung. Doch dank der Wärme des Kamins begann ich mich in meiner eigenen Haut wieder wohlzufühlen.

Entsprechend motiviert hüpfte ich auf den Hochstuhl an Coles Tresen. „Das heute war der Wahnsinn“, plapperte ich drauf los. „Natürlich nicht das mit Dana. Das tut mir wirklich leid. Aber die Hunde so arbeiten zu sehen und das Gefühl zu haben, mit ihnen an einem Strang zu ziehen. Das ist wirklich etwas ganz Besonderes.“

Cole drehte sich zu mir und grinste triumphierend. „Sag ich doch.“

Ich musste lachen. „So langsam verstehe ich, was du an den Fellnasen so magst.“

Dann reckte ich meine Nase in die Höhe. „Was riecht hier eigentlich so?“ Es duftete, als wäre gestern Nacht doch eine Tanne auf das Holzhaus gestürzt und läge jetzt im Wohnzimmer.

„Ach, das muss der Baum dort sein.“ Cole deutete mit einer schnellen Geste Richtung Wohnbereich. Auf dem niedrigen Beistelltisch vor dem Sofa stand eine süße, kleine Tanne.

Mir fiel es wie Schuppen von den Augen. „Oh“, brachte ich nur heraus.

„Japp, heute ist der Abend vor Weihnachten. Ich hätte es im Trubel beinahe auch vergessen.“ Er zuckte mit den Schultern und stellte die Kochplatte auf eine kleinere Stufe, ehe er uns etwas vom Gericht auf die Teller schöpfte. „Deshalb habe ich vorhin noch schnell einen kleinen Baum geholt. Weihnachten ohne Baum geht schließlich nicht.“

Ich war verwundert, dass Cole an so traditionelle

Sachen überhaupt dachte. Die meisten Männer waren nicht gerade besonders angetan, wenn es um Deko, Lichterketten, Geschenke oder Weihnachten generell ging. Cole hätte ich auch zu diesen pragmatischen Typen dazugezählt.

„Aber er ist noch gar nicht geschmückt?", fragte ich irritiert und hätte mich gleich wieder ohrfeigen können. Natürlich war er das noch nicht! Wann denn auch?

„Nein, aber das Zeug dafür habe ich schon rausgesucht. Es steht auf der Couch."

So schnell konnte er gar nicht gucken, wie ich aufgesprungen und zur Kiste getrappelt war. Neugierig betrachtete ich deren Inhalt, ehe ich freudig aufquietschte. Wahrscheinlich dachte er jetzt, dass ich vollkommen durchgedreht war. Oder dass ich einen bleibenden Schaden von der Kälte heute davongetragen hatte. Letzteres war nicht auszuschließen.

„Da ist ja eine bunte Lichterkette!" Ich klatschte aufgeregt in die Hände.

Cole stellte die Teller auf den Tisch und setzte sich. Belustigt schaute er zu mir herüber. „Ja, die mag ich besonders. Hast du etwa noch nie eine gesehen?"

„Doch, klar", entgegnete ich. „Aber ich durfte noch nie einen Weihnachtsbaum mit bunter Kette schmücken."

Das war quasi ein heimlicher Traum von mir, aber das behielt ich lieber für mich.

„Wieso nicht?“, fragte er und zog die Augenbrauen hoch. Ich setzte mich zu ihm und löffelte die Suppe, die mal wieder fantastisch schmeckte. Auch wenn sie optisch an das Futter für die Hunde erinnerte …

„Ach, das ist sehr kompliziert. Ich feiere Weihnachten eigentlich bei meinen Eltern. Meine Mum ist dahingehend ein bisschen perfektionistisch veranlagt. Während ich alles mag, was bunt leuchtet, ist sie eher so der Typ: warmweiße Lichterkette, goldene Kugeln und Schneespray.“

„Das klingt kühl“, stellte Cole fest, was ich mit einem Nicken bestätigte. „Das ist es auch.“

„Du feierst bei deinen Eltern. Nicht bei deinem Freund?“

Ich grinste ihn neckisch an. „Als ob du wirklich glauben würdest, dass ich einen Freund habe, nachdem ich die letzte Woche außer meiner Familie niemanden versucht habe zu kontaktieren.“

Cole setzte nochmal nach. „Vielleicht nehmt ihr gerade eine Auszeit voneinander.“

Ich riss ein Stück von meinem Brötchen ab und bewarf ihn damit. „Sehr witzig. Nein, ich muss dich enttäuschen. Da ist niemand. Es gibt nur mich, meine Arbeit und meine Familie. Und glaub mir, damit bin ich voll ausgelastet.“

Im Ernst. Bisher hatte ich vielleicht zwei, drei längere Beziehungen gehabt, die trotzdem nach einigen Monaten in die Brüche gegangen waren. Dafür hatte es einfach nie gepasst. Worum ich nicht unbedingt böse war. Mir fehlte es an nichts.

Mein Gegenüber schmunzelte. „Es klingt so."

Ich verzog das Gesicht zu einer leichten Grimasse. „Ich mag meine Familie. Wirklich. Manchmal ist sie nur ein bisschen zu überfürsorglich. Und ja, vielleicht auch ein bisschen bevormundend. Aber sie sind immer für mich da."

„Meistens ist es trotzdem nicht verkehrt, seinen eigenen Weg zu finden und ihn auch zu gehen. Ein gesunder Kompromiss, sozusagen."

Ich wusste, was er meinte. Er hatte recht. Dennoch beschloss ich, das Thema Familie damit auf sich beruhen zu lassen.

„Eine viel zu harte Kost, meinst du nicht?", deutete ich an, nicht länger darüber reden zu wollen.

Cole verstand und akzeptierte meine Grenzen, wofür ich ihm sehr dankbar war. „Nur gut, dass es gleich etwas Flüssiges gibt."

28. Kapitel
Hailey

Keine Ahnung, ob es an der zweiten Tasse Eierpunsch lag, die neben mir auf dem Tisch stand, aber ich fand die dunkelblauen Kugeln mit weißen Schneeflocken schrecklich.

„Die sind doch absolut altbacken“, sagte ich und verschränkte die Arme.

„Warum? Ich finde, sie passen super“, wehrte sich Cole, der ebenfalls bereits eine Tasse Eierpunsch intus hatte.

Sein Rezept war göttlich. Ich dachte ja schon immer, Eierlikör sei klasse. Aber Eier*punsch* übertraf das ganze nochmal.

Wir hatten den Baum schon mit der bunten Lichterkette ausgestattet, die einfach perfekt aussah, zumindest meiner Meinung nach. Jetzt kamen noch die Kugeln.

Kunterbunt sollte er werden. Da waren Cole und ich uns einig.

Dennoch stimmte ich mit so manchen Vorschlägen nicht überein. Zum Beispiel mit dieser omahaften Kugel.

Schließlich ließ sich Cole breitschlagen. „Na schön“, stöhnte er und kramte tiefer in der Kiste mit dem Schmuck. Er griff nach ein paar roten Kugeln und hielt sie vor mein prüfendes Auge.

„Perfekt“, segnete ich sie ab, woraufhin er sie am Baum verteilte.

„Ich glaube, wir sind fertig“, verkündete er kurz darauf. Wir traten ein paar Schritte zurück, um unser Werk zu betrachten.

Die kleine Tanne funkelte in allen möglichen Farben. So bunt wie die Lichterkette waren auch die Kugeln und das Lametta. Und ich liebte es.

Dieser Anblick löste in mir ein Gefühl der Wärme, der Vertrautheit und Geborgenheit aus. Und allem voran machte er mich glücklich. Weil der Weihnachtsbaum zum ersten Mal so war, wie ich ihn mir immer vorgestellt hatte. Und weil jemand nicht über meinen Wunsch gelacht, sondern ihn mit mir geteilt hatte.

Ich wusste gar nicht wohin mit meinen Gefühlen. Ich drehte meinen Kopf zu Cole und stellte fest, dass in seinem Blick die gleiche Begeisterung stand, mit der er den Baum betrachtete. Als er sich zu mir drehte, entdeckte ich außerdem eine Sanftheit, die augenblicklich meine Knie weich werden ließ. In meinem Bauch wurde es ganz warm und ich genoss die Geborgenheit, die mit diesem Gefühl einherging.

„Er ist wunderschön“, hauchte ich.

„Ist er“, stimmte er mir lächelnd zu und meine Aufmerksamkeit glitt zu seinen Lippen. Sie waren leicht geöffnet und wirkten warm und … ehe ich wirklich wusste, was ich da tat, stellte ich mich auf die Zehenspitzen und küsste sie.

Gut, höchstwahrscheinlich war auch der Alkohol nicht unwesentlich schuld.

Cole hatte ich damit vollkommen überrumpelt. Wie erstarrt stand er da und als mir klar wurde, was ich da eigentlich tat, löste ich mich blitzschnell wieder von ihm.

Gott, war das peinlich.

Toll gemacht, Hailey.

Jetzt schaffte ich es nicht einmal mehr, ihm die Augen zu sehen. „Ich, äh, tut mir wirklich leid“, flüsterte ich und machte auf der Stelle kehrt, um in meinem Zimmer zu verschwinden.

29. Kapitel
Cole

Ich sah, wie Licht in Haileys Zimmer anging, während ich auf dem Weg zum Haus war. Ich hatte beschlossen, sie nach gestern Abend – es war spät geworden – etwas länger schlafen zu lassen. Die Hunde hatte ich bereits versorgt.

Gestern Abend.

Die ganze Nacht und den ganzen Morgen flogen die Bilder von gestern durch meinen Kopf. Kein Wunder. Wäre ja schlimm, wenn ich vergessen hätte, wie sie mich geküsst hatte!

Puh. Ich musste kurz stehenbleiben und zog die Mütze zurück, die tief in meine Stirn gerutscht war.

Hailey hatte offensichtlich zu viel getrunken. Mein Eierpunsch hatte sie ganz schön umgehauen. Wahrscheinlich war sie deshalb etwas übermütig geworden und hatte sich mir an den Hals geworfen. Das war die logische Erklärung, die noch von ihrem peinlich berührten Abgang untermauert wurde.

Es war vermutlich eine einmalige Sache und es war ihr sicher mehr als unangenehm. Worüber ein Teil von mir ein kleines bisschen enttäuscht war, das konnte ich nicht leugnen. Der gestrige Abend war wunderschön gewesen. In den vergangenen Jahren war Weihnachten ein einsames Datum für mich gewesen. Ich nahm an, dass es keine grausamere Zeit für Hinterbliebene gab. Die Welt um einen herum verwandelte sich in ein glitzerndes Nest aus Geschenken und Nächstenliebe und man selbst … war alleine. Mit sich und seiner Trauer.

Ich hatte gestern zum ersten Mal wieder einen Weihnachtsbaum aufgestellt und geschmückt, weil ich dachte, dass Hailey sich bestimmt über diese Tradition freuen würde. Ich hatte recht behalten und nicht nur ihr, sondern auch mir hatte das Putzen Spaß gemacht. Und als ich den fertigen Baum betrachtet hatte, fühlte ich zum ersten Mal seit einer Ewigkeit wieder so etwas wie Zufriedenheit an Weihnachten. Weil ich diese Tage nicht länger nur mit meinen Schuldgefühlen und meinem Kummer verbringen musste. Sondern weil jemand bei mir war, den ich gerne hatte …

Ob es Hailey ähnlich ging? Ich seufzte und stiefelte weiter.

So oder so. Hailey würde noch eine Weile hier sein, und wir mussten trotz allem miteinander arbeiten können. Deshalb ging ich in die Küche und entschied, weiter an meinem heutigen Vorhaben festzuhalten. Sorgsam packte ich alles in den Korb.

Nach einer Weile ging die Tür von Haileys Zimmer

auf. Sie zog die Ärmel ihres Pullis über ihre Hände und lächelte mich unsicher an.

Ich erwiderte es und signalisierte ihr, dass es nichts gab, was zwischen uns stand. „Gut geschlafen?“, fragte ich gewohnt.

Sie nickte und zeigte auf den Korb in meinen Händen. „Was ist das?“

„Oh, das“, sagte ich und klopfte auf das geflochtene Holz. „Da wir die Touren für heute vorsorglich abgesagt haben und sich das Wetter doch noch zum Positiven zu entwickeln scheint, dachte ich, dass wir eine kleine Wanderung unternehmen könnten.“

30. Kapitel
Hailey

Die kleine Wanderung, von der Cole gesprochen hatte, dauerte nun schon eine gute Dreiviertelstunde. Was vor allem an dem tiefen Neuschnee lag, durch den wir uns kämpfen mussten. Aber Cole hatte eine geniale Idee gehabt.

Er hatte uns Verstärkung besorgt, indem er zwei besonders kräftige Huskys an einen kleineren Schlitten, eine sogenannte Pulka, gespannt hatte. Sie zogen den Teil des Proviants und Gepäcks, den Cole nicht mehr in seinen Rucksack bekommen hatte.

So hatten wir alle was davon. Die Hunde bekamen Auslauf und wir mussten nicht alles schleppen. Wobei ich nicht einmal genau wusste, was er da überhaupt alles eingepackt hatte.

Immer wieder warf er mir einen Blick von der Seite zu und erklärte mir etwas zu der Umgebung, in der wir uns befanden. Wir waren dieses Mal in die andere Richtung aufgebrochen als üblich. In diesem Gebiet war ich noch nie zuvor gewesen.

Und immer tat ich interessiert, was ich ja tatsächlich auch war. Dennoch fiel es mir nicht so leicht, ihn standhaft anzusehen. Zu groß war die Scham nach gestern Abend. Was war da bloß los mit mir gewesen? Dieser verdammte Alkohol und dieser verdammt gutaussehende, liebenswerte Musher.

Immerhin brachte Cole das Thema nicht nochmal zur Sprache. Wofür ich dankbar und irgendwie auch traurig zugleich war.

Ich entschied, dass es schließlich das Beste war, das Ganze einfach zu vergessen, um meinen Aufenthalt hier nicht unnötig kompliziert zu machen.

Die beste Ablenkung von diesem Thema war tatsächlich die Landschaft selbst. Wir waren kurz nach Sonnenaufgang aufgebrochen, mittlerweile stand die Sonne für winterliche Verhältnisse hoch an einem beinahe klaren blauen Himmel. Es war, als hätte der Sturm alle Wolken fortgeblasen.

Was blieb, war strahlender Sonnenschein, der die Schneewehen um uns herum in glitzernde Berge verwandelte. Die vielen Tannen an jeder Ecke wirkten dabei manchmal sogar, als würden sie auch von Lichterketten geziert werden.

Es war ein wunderschöner Anblick, der mich immer wieder strahlen ließ und mir ein unbeschreibliches Gefühl der Ruhe bescherte.

Auf einer kleinen Anhöhe blieb Cole stehen und deutete vor sich. „Wir sind da“, verkündete er. Beim Sprechen drangen aus seinem Mund feine Wölkchen.

Mein Blick glitt über einen ovalförmigen See, der

sich in die Länge zog, aber dennoch von hier aus überschaubar war. Und ach ja, er war komplett zugefroren.

Wahrscheinlich war es mein irritierter Gesichtsausdruck, der Cole auflachen ließ. „Guck nicht so ängstlich. Komm mit."

Ich folgte ihm zum Flussufer, wo er die Hunde mit der Bremse im Boden verankerte und in dem Gepäck auf der Pulka zu wühlen begann.

O Gott, hoffentlich hatte er nicht vor, mit mir Eisfischen zu gehen oder so! Ich könnte auf keinen Fall ein Tier töten. Die Zubereitung des Hundefutters war schon meine absolute Schmerzgrenze.

Aber zu meiner Erleichterung zog er keine Angel, sondern ein paar Schlittschuhe hervor.

„Du willst Schlittschuhlaufen? Auf diesem Ding da? Ist das überhaupt sicher?"

Mein Misstrauen war offenbar noch nicht verflogen.

„Nicht ganz", sagte Cole und zog noch ein weiteres Paar heraus. „*Wir* werden Schlittschuhlaufen und ja, auf diesem See. Und ja, das ist sicher."

„Wir?", rief ich entsetzt.

„Japp. Hast du etwa Angst? Bist du noch nie Schlittschuh gelaufen?"

Ich seufzte. „Inlineskaten zählt auch, oder? Aber darum geht es gar nicht! Man bringt schon kleinen Kindern bei, nicht auf zugefrorene Seen zu gehen. Das weiß doch jeder."

Die Vorstellung, gleich auf der dünnen Eisfläche dahinzugleiten, passte meinem inneren Kontrollfreak so gar nicht. Was, wenn einer von uns einbrach? Wir waren kilometerweit von Hilfe entfernt.

Cole schien mein Einwand überhaupt nicht zu kümmern. Er setzte sich auf die Pulka und machte sich daran, die Schlittschuhe anzuziehen.

„Vielleicht auf Seen bei euch. Glaub mir, dieser hier ist sicher. Bei den Temperaturen der letzten Wochen ist er mit Sicherheit mehrere Meter tief gefroren." Er merkte, dass mich das nicht so richtig umstimmen konnte. Als er fertig war, sein Schuhwerk zu wechseln, stand er auf und trat vor mich.

Sanft legte er seine behandschuhten Hände auf meine Arme und lächelte mich an. „Du brauchst wirklich keine Angst zu haben. Vertrau mir."

Ich biss mir auf die Unterlippe und schaute zur Seite. Er würde ja eh nicht lockerlassen. Nicht ganz freiwillig, aber auch nicht mehr gänzlich ablehnend stimmte ich schließlich zu.

Cole reichte mir die anderen paar Schuhe und ich wollte schon mit den Füßen in sie hineinkriechen, als ich innehielt. „Sind die von Marie?"

Er schien mit dieser Frage gerechnet zu haben und nickte. Sein Lächeln wirkte etwas gequält, aber er gab sich alle Mühe, es sich nicht anmerken zu lassen. „Ja."

„Du musst nicht …", begann ich, doch Cole winkte ab. „Sie hätte es so gewollt, glaub mir."

Ich spürte, wie viel innere Überwindung es ihn kostete, das laut auszusprechen. Vielleicht hatte sie es wirklich so gewollt. Dies jedoch als hinterbliebener Partner zu akzeptieren, war eine ganz andere Sache.

Umso erstaunter war ich über seinen Mut.

„Ich bin so vorsichtig wie möglich und versuche sie nicht kaputtzumachen."

Cole lachte und zog mich auf die Beine, nachdem ich alles fest verschnürt hatte.

„Das will ich dir auch geraten haben."

Die ersten Schritte im Schnee waren eine echte Herausforderung, doch glücklicherweise war das Ufer nicht weit weg. Was es nicht besser machte, wie ich feststellen musste.

Ich schaffte es gerade mal, beide Beine aufs Eis zu bringen, ehe ich schon zur Seite stürzte. Diese Aktion könnte ziemlich peinlich werden. Und mit einem Haufen blauer Flecken enden.

Dankenswerterweise half mir Cole zurück auf die Beine. „Die Kunst ist, das Gleichgewicht auf den schmalen Kufen zu halten", erklärte er mir. „Lass dir Zeit. Du musst erst einmal ein Gefühl für die Schuhe bekommen."

Ich tat wie angewiesen und versuchte vorerst nur, nicht in irgendeine Richtung umzufallen. Cole glitt derweil locker-flockig neben mir her. Der alte Angeber.

„Du bist ja ein echter Profi", stichelte ich, während ich beide Arme nach vorne ausstreckte, um einen weiteren

Sturz zu verhindern.

Er grinste mich unverschämt frech an. „Jahrelange Übung."

„Ja, ja, wahrscheinlich hast du das hier schon gemacht, als du noch ein Baby warst."

Ich drohte, nach hinten zu fallen, doch Cole fing mich elegant auf. Während ich halb in seinen Armen lag, scherzte er: „Aber natürlich. Wie es sich für einen echten Alaskaner gehört."

Wir mussten beide lachen und ich versuchte dabei zu ignorieren, dass er mir so nahe war, dass ich seinen minzigen Duft einatmen konnte.

Wehe, du küsst ihn gleich schon wieder, ermahnte ich mich, als er mir half, mich aufzurichten. *Contenance, Hailey ...*

Nach einer Viertelstunde hatte ich den Dreh raus und es gelang mir, kleine Züge neben Cole zu machen, die nach und nach immer sicherer und entspannter wurden. Wir fuhren bis zum Ende des Sees und danach wieder quer zurück.

Tatsächlich fühlte sich das Schlittschuhlaufen befreiend an. Und ich konnte nicht anders als loszulachen, als ich bemerkte, dass es immer besser klappte und ich immer schneller vorwärtskam. Wenn ich doch mal wieder das Gleichgewicht verlor, war Cole stets da, um mir Halt zu geben.

Nach einer ganzen Weile fuhren wir zurück Richtung Hunde und ich ließ mich langsam austrudeln.

„Das war echt schön“, gab ich ehrlich zu, als Cole an meine Seite glitt. „Ich danke dir vielmals.“

Er trat einen Schritt zu mir, bis er dicht vor mir stand. „Betrachte es als mein Weihnachtsgeschenk an dich. Merry Christmas, Hailey.“

Er strich mir mit seiner behandschuhten Hand über die Wange und fast glaubte ich, dass er mich küssen würde. Doch stattdessen veränderte sich etwas in seinem Blick. Die Leichtigkeit floh aus seinen Augen und wich einer gewissen Reserviertheit. Dieser plötzliche Umschwung versetzte meinem Herzen einen schmerzhaften Stich.

Schließlich nahm er wortlos meine Hand und führte mich zurück zum Ufer.

31. Kapitel
Hailey

Der Heimweg verlief schweigsam, als hätte sich zwischen uns irgendetwas verändert. Beim Haus angekommen, kümmerte sich Cole um die Hunde, während ich mich schnurstracks in mein Zimmer verzog, um eine heiße Dusche zu nehmen und mich umzuziehen.

Draußen wurde es bereits dunkel, als ich fertig war und wieder den Wohnbereich betrat. Cole stand wie so oft an der Küchenzeile und stellte den Wasserkocher an, um sich einen Tee zu kochen.

Irgendwie war die Stimmung vorhin zwischen uns gekippt, und ich wurde das Gefühl nicht los, dass es meine Schuld war. Und dass es etwas mit dem Kuss von gestern Abend zu tun hatte.

Wahrscheinlich hatte ich ihn nachhaltig verschreckt.

Okay, das nützte jetzt alles nichts. Ich musste mich entschuldigen, damit es zwischen uns keine Unannehmlichkeiten mehr geben würde. Wenn ich eines nicht wollte, dann dass dieser dumme Kuss unsere Freundschaft schädigte.

„Hey“, begann ich langsam und ging auf ihn zu. Ich nahm all meinen Mut zusammen und sprach weiter. „Es tut mir leid wegen gestern. Ich weiß auch nicht, was da in mich gefahren ist. Ich weiß nur, dass es ein Fehler war und ich dich damit irgendwie gekränkt habe. Es tut mir wirklich, wirklich leid …“

Noch ehe ich meinen Satz hatte beenden können, war Cole bereits mit schnellen Schritten auf mich zu gegangen und schlang seine Arme um mich.

Plötzlich war da keine Leere, keine Distanz mehr zwischen uns. Sein warmer Körper füllte den Platz vor mir und seine Lippen bedeckten meine eigenen.

Das hier war kein zärtlicher, zurückhaltender Kuss. Er küsste mich fordernd und nahm besitzergreifend meinen Mund mit seiner Zunge ein.

Zuerst war ich überrascht von seiner stürmischen Reaktion, doch dann gab ich ihr voll und ganz nach und ließ mich in seine Arme sinken. Ich erlaubte mir, den Moment in all seinen Facetten wahrzunehmen. Coles wunderbaren Duft nach frischer Minze, seine Barthaare, die an meiner Haut kitzelten und seine Lippen, die ein wenig rau und weich zugleich waren. Er schmeckte ebenso gut wie er duftete und ich genoss es, ihm so nah zu sein. Auf so intime Art und Weise.

Stöhnend griff ich in seinen Nacken und hielt mich mit der anderen Hand an seiner Hüfte fest, als ich den Kuss erwiderte.

Erst nach einigen Momenten ließ der Sturm nach, und Cole begann mich sanfter zu küssen. Liebkoste meine Mundwinkel und knabberte spielerisch an meiner Unterlippe.

Vollkommen außer Atem löste er sich von mir und schaute mir tief in die Augen. Sein Blick war verhangen mit Lust und … Vertrautheit? Und so viel Wärme.

„Es gibt nichts zu entschuldigen", raunte er, beugte seinen Kopf zu mir herab und signalisierte mir damit, dass er sich ebenso sehr nach mir sehnte, wie ich mich nach ihm.

Ich konnte mich nicht erinnern, jemals glücklicher und vollkommener gewesen zu sein als in diesem Augenblick. Als er mich wieder an sich zog, mich erneut küsste. Dieses Mal erkundete er geduldiger meinen Mund und ich liebte es einfach, wie er mit meiner Zunge spielte. Mein Puls begann zu rasen und ich spürte, wie Hitze in meine Wangen stieg. Und wie sie sich in einem Körperteil weiter unten ausbreitete.

Ich genoss es, all das zu spüren und inmitten all dieser Gefühle zu sein.

Coles Hände wanderten an meinem Rücken auf und ab, ehe er mich an meinem Hintern packte und mich hochhob.

Lachend wehrte ich mich halbherzig, murmelte in den Kuss hinein: „Was hast du vor?"

Doch Coles Geste war Antwort genug. Er setzte mich auf dem Esstresen ab und stellte sich vor mich. Jetzt war er ein Stück kleiner als ich, aber gerade noch groß genug, damit ich durch seine Haare streicheln und ihn anlächeln konnte.

„Hey", flüsterte ich und schaute ihn mit liebevollem Blick an.

„Hey", schmunzelte er zurück.

Ich senkte meinen Mund und gab ihm einen leichten Kuss auf die Nasenspitze. Überwältigt von all dem, sagte ich: „Was tun wir hier?"

Sein Lächeln ging mir durch Mark und Bein und erfüllte meinen Bauch mit weiteren hunderten Schmetterlingen. „Ich weiß es nicht, aber es fühlt sich verdammt gut an."

Ich strich über seine Wange zu seinem Ohr. „Finde ich auch." Dann war ich es, die ihn küsste, während er seine Arme um mich schlang und seine Hände unter meinen Pullover an meinem Rücken schob.

Das Gefühl seiner warmen Hände, die sanft meine Seiten streichelten, bereitete mir eine Gänsehaut am ganzen Körper. Ich seufzte und drang mit meiner Zunge in seinen Mund ein, um ihm zu zeigen, dass ich mehr von ihm wollte. Mehr von ihm brauchte.

Cole zog langsam meinen Pullover ein Stück nach oben und schaute mich fragend an. Ungeduldig half ich ihm dabei, ihn über meinen Kopf zu ziehen, und warf ihn unachtsam neben mich.

Wieder musste ich seufzen, als ich dieses Mal Coles Hände auf meinem ganzen Rücken und den rauen Stoff seines Pullovers an meiner Brust spürte. Er löste sich von mir und lehnte sich ein Stück nach hinten, um meinen Oberkörper zu betrachten.

Erst jetzt kam ich mir irgendwie nackt vor und hielt es plötzlich für gar keine gute Idee mehr, nur im BH vor ihm zu sitzen. Was, wenn ich ihm nicht gefiel? Und er etwas Dummes sagte?

Doch bevor ich weiter an mir zweifeln konnte, war Cole wieder bei mir und bedeckte meine Schulter mit sanften Küssen. „Du bist wunderschön."

Ich entspannte mich wieder und ließ die angehaltene Luft aus meinen Lungen entweichen. Cole tat es mir gleich und entledigte sich seines Pullovers. Wahrscheinlich spürte er, dass ich mich dadurch weniger unbehaglich fühlte.

Allerdings wurde mir dadurch aber auch wesentlich heißer als zuvor. Zum ersten Mal erhaschte ich einen Blick auf seinen nackten Oberkörper und was ich sah, gefiel mir. Er war durchtrainiert, ohne übertriebene Muskeln zu haben. Dennoch gefiel mir die sehnige, glatte Haut, die unter dem Bund seiner Jeanshose verschwand.

Ich musste schlucken und spürte, wie das Ziehen zwischen meinen Schenkeln immer stärker wurde.

„Das Kompliment kann ich nur zurückgeben."

Cole fuhr mit sanften Fingerspitzen an meinen

Seiten entlang. Hoch zu meinem BH und wieder hinab. Das wiederholte er viele Male, während er mich zwischendurch leicht küsste.

Irgendwann hielt ich es nicht mehr aus. Ich drängte mich ihm entgegen und er verstand meine Andeutung. Seine Hand wanderte auf meinen Rücken und öffnete den Verschluss meines BHs.

Nach einigen Anläufen gelang es ihm, ihn zu öffnen, und wir prusteten beide los. Nervös und angeregt zugleich streifte ich die Träger ab und lehnte mich gegen seine Brust.

Er zögerte keinen Moment, mich erneut zu küssen und seine Hand langsam zu meiner Brust wandern zu lassen. Zuerst strich er nur mit den Fingerspitzen über sie, ehe er eine von ihnen umfasste und leicht zudrückte.

O Gott, er machte mich wahnsinnig! Lange hielt ich das hier nicht mehr aus.

Ich war nie der Typ, der sich gerne begrapschen ließ. Klar hatte ich in meinen wenigen Beziehungen schon Sex gehabt und war mit Männern intim geworden. Allerdings war nichts davon auch nur annähernd so scharf und intensiv gewesen wie das hier. Und das, obwohl Cole und ich noch einige Schritte von Sex entfernt waren!

Erst damit wurde mir so richtig bewusst, auf was wir da eigentlich zusteuerten und ich hielt kurz inne. Er bemerkte mein Zögern und gab mir die Gelegenheit, wieder zu Atem zu kommen.

„Ich glaube, wenn wir jetzt weitermachen, werde ich nicht mehr aufhören können“, gab ich ehrlich zu.

Cole musterte mich einfühlsam. „Willst du denn aufhören?“

Wollte ich das? Auf keinen Fall! War das klug? Daran wollte ich gerade nicht denken. Viel zu sehr sehnte sich alles an mir nach Coles Berührungen und seiner Nähe.

Ich grinste schelmisch. „Nein.“

Seine Mundwinkel zogen sich nach oben. „Gut, ich nämlich auch nicht.“

32. Kapitel
Cole

Puh, da hatte ich ja nochmal Glück gehabt. Ich hatte diesen Punkt, an dem ich noch die Finger von ihr hätte lassen können, schon längst überschritten.

Alles in mir schrie danach, sie zu berühren, zu schmecken, zu liebkosen. Ich fühlte mich vollkommen ausgehungert. Nach Liebe, nach Leidenschaft, nach Sehnsucht.

Als sie vorhin schon wieder damit begonnen hatte, sich entschuldigen zu wollen, und damit die Erinnerung des vergangenen Abends heraufbeschwor, konnte ich gar nicht anders, als sie zu küssen. Das hätte ich gestern schon tun sollen oder heute am See. Wenn mir da nicht meine schuldigen Gedanken in den Weg gekommen wären.

Doch jetzt wollte ich nicht mehr denken. Ich wollte nur noch fühlen.

Ich schob meine Hände unter Haileys Gesäß und hob sie abermals hoch. Einmal quer durch den Raum trug ich sie in den Wohnbereich, ehe ich sie genau vor dem Kamin wieder herunterließ.

Sie ließ keine Zeit verstreichen. Sofort war sie wieder bei mir, erkundete mit den Händen meinen Körper und mit den Lippen mein Gesicht.

Vorsichtig strich sie über meinen Hintern, um anschließend sanft zuzupacken. Ihre Berührung jagte mir einen angenehmen Schauer über den Rücken. Und es tat sich noch etwas ganz anderes in meinem Lendenbereich.

Sie so nah bei mir zu spüren, machte mich einerseits verdammt glücklich und andererseits wahnsinnig zugleich. Ich musste dringend aus den restlichen Klamotten raus. Und sie auch! Ich wollte keinen Zentimeter mehr zwischen uns haben.

Hailey fuhr mit ihrer einen Hand über meinen Bauch, ehe sie sie ein Stück weiter runter gleiten ließ und am Gürtel meiner Jeans innehielt.

Sie schaute mich neugierig an und ich half ihr, ihn zu öffnen und befreite mich im Anschluss vom nervigen Stoff. Noch während ich die Hose in die Ecke kickte, hatte sie es mir gleichgetan.

Jetzt trugen wir nur noch Unterwäsche und standen uns nahezu atemlos gegenüber. Langsam zog ich sie in meine Arme und küsste sie tief und zärtlich.

„Du brauchst keine Angst zu haben“, sagte ich und strich eine Strähne aus ihrem Gesicht, um ihr jegliche Zweifel zu nehmen.

Hailey strahlte mich lediglich an. „Habe ich nicht. Ich will dich.“ Sie wirkte selbst von sich überrascht, dass sie ihren Wunsch so deutlich ausgesprochen hatte. Aber ich war dankbar dafür. Warum auch um den heißen Brei herumreden?

Ich half ihr, sich auf den Boden zu legen und lehnte mich über sie. Meine Lippen strichen über ihre Wange, hinab zu ihrem Hals und an ihrer Schulter entlang. Kurz hielt ich inne, als ich drei feine Narben auf ihrem Schulterblatt entdeckte. Die weißen Linien verliefen wie Blitze über ihre Haut und ich stockte. Zu gerne hätte ich gewusst, was es damit auf sich hatte, doch ich entschied mich, nicht zu fragen. Zumindest nicht jetzt. Abermals senkte ich meine Lippen hinab und bahnte mir küssend einen Weg über ihren Körper.

Ich hörte, wie ihr Atem schneller ging, und spürte, wie sie ihre Hände lustvoll in meinen Rücken presste.

Was mich wiederum zum Grinsen brachte und meine eigene Lust noch mehr anstachelte. Spielerisch saugte ich an ihrer linken Brustwarze, die sich mir entgegenreckte und entlockte Hailey damit ein Stöhnen.

Ich verweilte noch kurz an dieser Stelle ihres Körpers, ehe ich ihren Bauch mit Küssen übersäte und immer tiefer glitt. Am Bund ihrer Unterhose angekommen, hielt ich kurz inne und schaute sie fragend an. Sie gab mir nickend ihre Zustimmung und ich zog ihren Slip aus, um mich anschließend wieder auf sie zu legen und sie zu küssen. Sie sollte sich in keinem Augenblick entblößt fühlen.

Hart presste sich mein Schritt gegen ihre Mitte und ich konnte es kaum erwarten, mich von meinen Boxershorts zu befreien.

Plötzlich hielt sie inne und lehnte sich ein Stück zurück, um mich anzusehen. „Haben wir überhaupt Kondome?“

Ich schmunzelte sie an. „Wenn du keine hast, haben wir keine.“ Ich hatte nicht mal mehr einen Notvorrat bei mir. Warum auch? Ich hätte bestimmt nicht damit gerechnet, dass so etwas wie das hier passieren könnte.

Ihre Augen weiteten sich und ich musste lachen. „Mach dir keine Sorgen. Man kann auch ohne Sex Spaß miteinander haben.“

Tatsächlich schaute sie mich immer noch irritiert und ein bisschen misstrauisch an. Ich zog eine Augenbraue nach oben und grinste. Anscheinend nahm sie mir das nicht ab. „Ich zeig dir gerne, was ich meine“, sagte ich und ließ meine Hand an ihrem Körper hinabgleiten.

Sanft streichelte ich um ihren Bauchnabel und die Innenseiten ihrer Schenkel. Dann näherte ich mich mehr und mehr ihrer Blöße, bis ich schließlich sanft über ihre rasierte Vulva fuhr.

Hailey sog scharf die Luft ein.

„Ist das okay?“ Das musste ich einfach fragen. Es war schon viel zu lange her, seit ich das letzte Mal mit einer Frau intim gewesen war und ich war mir unsicher, wie ich auf Hailey wirkte. Ich wollte sie nicht überfallen oder sie drängen. Ihr eiliges Nicken war Antwort genug und ich spaltete mit meinen Fingern ihre Schamlippen, um sie dort zu massieren. Nur ganz sanft. Immer wieder zog ich mich zurück und streifte ihre Schenkel, nur um sie dann wieder zu berühren.

Sie bewegte ungeduldig ihre Beine und ich gab ihr nach. Meine Finger streiften abermals ihre Schamlippen, um anschließend bei ihrem Kitzler zu verharren und diesen in sanften Kreisbewegungen zu massieren.

Durch Haileys Körper fuhr ein Zittern und ich ahnte, dass sie kurz davor war, zu kommen. Ich verstärkte den Druck noch ein klein wenig und bedeckte ihren Mund mit meinem. Ihr Stöhnen ging in unserem Kuss unter und ich streichelte sie noch ein bisschen länger, damit sie den Moment voll ausschöpfen konnte.

„Wow“, stammelte sie. „Das verstehst du unter Spaß ohne Sex?“

Ihre rosige Gesichtsfarbe und ihr lustverhangener Blick zauberten mir ein Lächeln aufs Gesicht. „Japp. Gefällt es dir?“

Sie grinste mich an. „Es ist fantastisch.“

„Das freut mich.“ Ich glitt an ihrem Körper hinab. Überrascht folgte Haileys Blick meiner Bewegung. „Was machst du da?“

„Runde zwei“, erklärte ich und presste unvermittelt meine Lippen auf ihre Blöße. Ich ließ ihr keine Zeit, Einwände dagegen zu erheben, obwohl sie bestimmt keine gehabt hätte, und begann sofort an ihrer Klitoris zu saugen.

Mit einer Hand streichelte ich über ihre Brüste, während meine andere an ihren Schenkeln entlangfuhr. Sie seufzte laut auf, als ich mit einem meiner Finger ihren Eingang umkreiste. Sie war mehr als bereit für mich.

Vorsichtig drang ich mit meinem Finger in sie ein. Erst ein kleines Stück, dann ein Stück tiefer und weiter. Auch hier ließ ich sie so lange wie möglich zappeln und spielte mit ihrer Lust.

Gleichmäßig begann ich sie mit meinem Finger zu massieren, während ich sie küsste und an ihr saugte. Es dauerte keine weitere Minute, bis sie sich erneut unter mir aufbäumte und ein Höhepunkt ihren Körper erfasste.

Ich zog mich aus ihr zurück und gab ihr einen letzten Kuss zwischen die Schenkel, ehe ich wieder zu ihr hochkroch und mich neben sie auf meinen Ellenbogen stützte.

Hailey schaute mich liebevoll an. Noch immer zitterte ihr Körper – eine abklingende Welle des Orgasmus.

„Also von mir aus können wir auch beim Schmusen bleiben“, kicherte sie und drehte sich ebenfalls zu mir auf die Seite.

Ich lachte und streichelte durch ihre Locken. „Kann ich mir vorstellen."

„Aber erst einmal", sagte sie und streichelte über meinen Bauch. „Musst du noch auf deine Kosten kommen."

„Du musst nicht unbedingt …", wollte ich gentlemanlike ablehnen, doch ehe ich zu Ende gesprochen hatte, spürte ich auch schon ihre Hand in meinem Schritt.

Sie streichelte über meine Härte und zupfte sanft ein Stück tiefer. Mir blieb die Luft weg, so unglaublich gut fühlte sich das an.

Erst jetzt stellte ich fest, dass es bereits viel zu lange her war, auf diese Art von einer Frau berührt worden zu sein. Und erst jetzt merkte ich, wie lange mir das schon gefehlt hatte.

„Schön?", raunte Hailey an meiner Wange und gab mir einen tiefen Kuss.

Ich konnte nur nicken. Sie umfasste meinen Schaft, um ihn langsam zu reiben. Immer wieder fuhr sie mit ihren Fingern über die Spitze, bis hinunter zur Wurzel und brachte mich so an die Grenzen meines Verstandes.

Schon jetzt spürte ich das schmerzhafte Ziehen in meiner Lendengegend, dass einen nahenden Orgasmus ankündigte.

Den Rest gab sie mir allerdings, als sie ihren Griff noch verstärkte und ihr Tempo erhöhte. Es dauerte keine drei Atemzüge mehr, bis ich sie in meine Arme zog und die Welt um mich herum vor meinen Augen verschwamm.

33. Kapitel
Hailey

Ich wachte allein in Coles großem Bett auf. Von ihm war nichts zu sehen. Kurz war ich alarmiert. Was, wenn er sich fortgeschlichen hatte?

Klar, aus seinem eigenen Haus, dachte ich und verdrehte innerlich die Augen.

Ich war eindeutig noch zu müde für klare Gedanken.

Die Erkenntnis, dass er das ganz sicher nicht getan hatte, sowie der Duft von Pancakes, der von unten ins Dachgeschoss zog, beruhigten meinen aufgewühlten Geist augenblicklich.

Lächelnd musste ich an gestern Abend zurückdenken. An das, was wir getan hatten. Was ich mit ihm erlebt hatte. In mir breitete sich ein warmes Gefühl der Freude aus. Doch zu ihr gesellte sich auch ein mulmiges Gefühl. Was, wenn er es bereute? Wenn wir überstürzt gehandelt hatten und er das eigentlich gar nicht gewollt hatte?

Ich konnte es nicht leugnen: Als ich meine Beine über die Bettkante schwang und die Treppe hinunterlief, wurde ich nervöser und nervöser. Langsam schlich ich mich von hinten an Cole heran, der an der Küchenzeile werkelte.

„Guten Morgen“, begrüßte ich ihn vorsichtig.

Cole fuhr herum, als hätte ich ihn erschreckt. Dann breitete sich jedoch ein breites Lächeln auf seinen Lippen aus. „Guten Morgen, Schlafmütze.“

Mit zwei Schritten war er bei mir und zog mich für einen innigen Kuss an sich heran. Damit hatte ich die Antwort auf meine Frage, über die ich überglücklich war.

„Hunger?“, fragte Cole mit hochgezogenen Augenbrauen und einem unwiderstehlichen Blick.

„Immer“, erwiderte ich, womit ich nicht nur das Frühstück meinte.

Die Tage zwischen Weihnachten und Silvester waren gefüllt mit jeder Menge Touranfragen und ich widmete mich ausgiebig der Jahresendbuchhaltung. Kurz nach Weihnachten räumte der Winterdienst endlich auch die Auffahrt zu Coles Ranch und wir konnten bereits wieder die ersten Gäste bedienen, was ebenfalls etwas in Stress ausartete. Kaya hatte sich eine fiese Grippe eingefangen, weshalb ich auch noch bei den Touren aushalf. Mittlerweile wusste ich nicht nur, wie man einen Hundeschlitten fuhr, sondern auch, wie man die Hunde anspannte, was man alles für eine Tour einpacken musste und wie man unterwegs die Kunden unterhielt.

Am Ende des Tages war ich meistens fix und fertig. Was mich nicht davon abhielt, mit Cole den ein oder anderen Kakao mit Schuss auf der Couch vorm Kamin oder im Bett zu trinken, während wir uns über Gott und die Welt unterhielten.

So wie heute Abend. Cole beobachtete das Knistern des Feuerholzes im Kamin, während ich mir einen Keks vom Tisch stibitzte.

Für eine Fertigbackmischung sind die gar nicht mal schlecht, dachte ich und genoss den Geschmack von Vanille und Haselnüssen.

„Hailey?" Ich drehte meinen Kopf zu Cole, der mich von der Seite musterte. In seinen Augen lag etwas Fragendes, was mich aufhorchen ließ.

„Warum hast du eigentlich Angst vor Hunden?"

Ich unterdrückte ein Seufzen. Mir war klar gewesen, dass er irgendwann danach fragen würde. Das taten die meisten, wenn sie von meiner Angst hörten. Und den meisten gab ich eine lapidare Antwort. Bei Cole allerdings fühlte sich das nicht richtig an. Nicht nach dem, was er mir bedeutete.

Ich ließ die Schultern sinken. „Das ist nicht unbedingt ein Teil meiner Kindheit, den ich gerne rauskrame."

In Coles Augen blitzte etwas auf und er senkte den Blick, als wäre er zu weit gegangen. „Du musst es mir nicht erzählen, wenn du nicht willst."

Mein Herz weitete sich bei seinen Worten. Er

würde mich nicht drängen, wofür ich ihm unglaublich dankbar war.

Stirnrunzelnd strich ich mit dem Finger über den Rand meiner Tasse, die ich fest umklammert hielt.

„Ich war vielleicht sieben, als ich zusammen mit einer Freundin im Garten ihrer Eltern spielte. Damals lebten wir noch in einem kleinen Vorort von Atlanta. Im Gegensatz zu uns hatten sie einen Pool. Ich weiß noch, dass es unglaublich heiß war und ich mich über die Abkühlung freute."

Unbewusst hielt ich einige Sekunden den Atem an, ehe ich weiterredete. „Wir warfen uns einen Wasserball zu, der immer wieder aus dem Pool flog, weil wir so wild spielten. Was das Holen anging, wechselten wir uns ab. Als er dieses Mal wegrollte, war ich dran.

Noch bevor ich den Ball erreicht hatte, sah ich ihn. Einen großen schwarzen Hund, der durch das offene Gartentor auf mich zugerannt kam. Und mich direkt attackierte."

Ich sog scharf die Luft ein. Ich wünschte, ich hätte vergessen, was dann geschah. Doch ich konnte mich an alles erinnern. An jedes Detail.

„Er verbiss sich in meiner Schulter und ließ nicht mehr los. Vor Schmerz, Schock und Verzweiflung begann ich zu schreien. Ich weiß nicht, wann endlich der Vater meiner Freundin kam und den Hund von mir trennen konnte. Es kam mir unendlich lange vor."

„Das klingt schrecklich. Es tut mir so leid, dass du das durchmachen musstest."

Cole griff instinktiv nach meiner Hand und ich drückte dankend seine warmen Finger.

„Die Stelle musste zwei Mal operiert werden. Aber ich hatte Glück. Wenn er ein Stück weiter links zugebissen hätte, hätte er vermutlich meine Halsschlagader erwischt und wahrscheinlich würde ich dann nicht hier sitzen." Vor meinem inneren Auge spielte sich eine Flut von Bildern ab. Von dem vielen Blut, welches auf meinem kleinen Körper klebte, von dem verschmierten Maul des Hundes und von dem Krankenzimmer, in das ich drei Wochen lang eingesperrt gewesen war.

Unwillkürlich berührte ich mit der anderen Hand die Bisswunde. Noch immer erinnerten mich Narben jeden Tag daran, was damals geschehen war.

„Ich verstehe bis heute nicht, wo der Hund hergekommen und weshalb er einfach auf mich losgegangen war. Vielleicht war es das Spiel mit dem Ball gewesen und …"

„So etwas hat ein Hund nicht zu verwechseln. In keinem Fall darf er auf einen Menschen losgehen. Es war nicht deine Schuld, Hailey."

Ich konnte nur stumm nicken. Er hatte recht. Trotzdem war es genau diese Ungewissheit, die mich all die Jahre gequält hatte.

„Wir fanden nie heraus, wem der Hund gehörte.

Die Polizei ließ ihn mitnehmen und das war's. Mehr weiß ich nicht."

Keine Ahnung, ob es mir geholfen hätte, zu wissen, ob der Hund vorher bereits auffällig geworden war und was letztlich mit ihm geschehen war. Aber jetzt war es für solche Gedanken ohnehin zu spät. Ich musste nach vorne sehen.

Und das hatte ich getan. In den letzten Wochen war ich mehr über mich hinausgewachsen, als ich es je für möglich gehalten hätte. Was mich immer noch selbst überraschte und worauf ich schon ein kleines bisschen stolz war.

„Aber mittlerweile weiß ich, dass nicht alle Hunde böse sind." Ich umschloss seine Finger fest mit meinen und lächelte ihn an. „Dank dir."

34. Kapitel
Hailey

Kurz vor Silvester schafften es Cole und ich dann doch nochmal nach Healy. Einige Sachen waren uns tatsächlich ausgegangen, was nicht daran lag, dass Cole und ich jeden Tag drei Liter Glühwein tranken. Sondern vielmehr an den dutzenden Kunden, die wir in den letzten Tagen hatten.

Cole beschloss deshalb, seinen Vorrat wieder aufzustocken. Auf dem Weg zum Supermarkt meinte er: „Ich habe gehört, dass Dana wieder da ist. Wollen wir nachher mal nach ihr gucken?“

„Ja, gern. Sie freut sich bestimmt über etwas Besuch.“

Als Cole nach unserem Einkauf im Supermarkt vor Danas Outdoorladen anhielt, schaute ich ihn nur entgeistert an. Ich hatte angenommen, dass wir sie daheim, ruhend in ihrem Bett vorfinden würden. „Das ist ein schlechter Scherz, oder?“

Er lächelte schelmisch und zuckte nur mit den Schultern. „Sie ist eben alt und stur.“

Ich wollte ihm nicht glauben, bis ich sie schließlich selbst beim Eintreten des Ladens entdeckte. In einem Rollstuhl, wie sie Al durch die Gegend dirigierte. Der Gute sah aus, als wüsste er gar nicht, wie ihm geschah. Ein wenig hilflos stand er im Laden, mit Schuhkartons in den Händen. Ich konnte ihm deutlich ansehen, dass er für gewöhnlich hier nicht arbeitete.

„Dana“, begrüßte Cole sie und umarmte sie herzlich.

„Was machst du schon hier?“ Ich hingegen konnte meinen Unglauben nicht verbergen. „Solltest du dich nicht ausruhen?“

Dana winkte nur ab. „Ausruhen ist etwas für alte Menschen.“ Ah ja, wahrscheinlich war es das Beste, wenn ich es dabei beließ. Sonst würde ich nur etwas Falsches sagen.

„Al, stell endlich die Kartons ab. Das wird doch eh nichts“, wies sie ihren Mann an und schüttelte genervt den Kopf.

„Er gibt sich wirklich Mühe. Aber von meinem Laden hat er einfach keine Ahnung. Vom Verkaufen und dem Kassensystem fange ich lieber gar nicht erst an.“

Cole sprang seinem Kumpel zur Seite. „Dafür ist er ein hervorragender Abschlepper.“

„Und Ehemann.“ Dana lächelte, rollte zu Al und tätschelte seine Hand. „Ich weiß nur nicht, wie ich das sonst alles aktuell stemmen soll. Ich kann den Laden nicht einfach zu machen.“ Plötzlich fiel ihr

Blick auf mich. „Hast du nicht zufällig Lust, dir etwas dazuzuverdienen, Schätzchen? Du kennst dich doch mit Buchhaltung aus, oder nicht?“

Ich war so perplex über ihr Angebot, dass ich erst gar nicht zum Antworten kam.

„Leider nicht“, hörte ich Cole für mich antworten. „Hailey ist nur noch bis Silvester da. Danach fliegt sie wieder zurück nach Atlanta.“

„Oh, das ist ja schade. Wir könnten hier gut jemanden gebrauchen, der etwas frisches Blut in diese Gemeinde bringt.“ Dana sah ehrlich betrübt aus, was mir sehr leidtat.

„Noch bin ich ja da“, versuchte ich das Thema zu beenden und lächelte die nette alte Frau an, obwohl mir gar nicht danach war.

Coles Worte hatten nicht nur Dana darauf hingewiesen, dass meine Zeit hier begrenzt war, sondern auch mich selbst wieder daran erinnert. Die letzten Tage hatte ich so gut wie möglich versucht, nicht daran zu denken und mir einzureden, dass ich noch jede Menge Zeit hatte, bevor ich wieder nach Hause musste.

Und damit Healy, Cole und die Hunde zurücklassen müsste.

Doch gerade konnte ich das Ganze nicht so leicht zur Seite schieben. Ich bekam die Verabschiedung gar nicht richtig mit und schaute auf dem Weg zu Coles Wagen gedankenverloren auf mein Handy.

Auf dem Display wurde mir ein entgangener Anruf von Alex angezeigt. Ich hatte so gar keine Lust, in meinem jetzigen Gefühlszustand mit meinem Chef zu reden, allerdings konnte ich ihn auch nicht warten lassen. Vielleicht war es wichtig.

„Wartest du noch kurz auf mich?", bat ich Cole, der schon ins Auto steigen wollte. „Alex hat angerufen. Ich will ihn schnell zurückrufen." Hier, wo ich noch Empfang hatte.

„Klar." Cole setzte sich bereits in den Wagen.

Ich ging ein paar Schritte Richtung Waldrand und wählte ‚Zurückrufen'.

„Nachträglich fröhliche Weihnachten", trällerte es nach ein paar Momenten durch den Hörer.

Ich kicherte. „Dir auch fröhliche Weihnachten, Chef."

„Ich habe es ja schon ein paar Mal über die Feiertage probiert, aber war nie durchgekommen."

„Das lag wahrscheinlich am Blizzard."

„Wow, dein erster Blizzard. Wie war's?", wollte Alex wissen. Ich berichtete ihm in Kurzform von den Ereignissen der vergangenen Tage. Außer der Sache mit Cole, die ließ ich natürlich weg.

„Da hattest du eine aufregende Zeit bis jetzt."

Ich lächelte ein bisschen gequält. „Kann man so sagen."

„Und sonst ist alles gut bei dir? Wie geht es dir? Wenn ich ehrlich bin, klingst du etwas mitgenommen."

Alex wieder. Er hatte schon immer so ein Gespür für die Gefühle von anderen.

„Ich sollte wohl eher fragen, wie es deinem Knie geht“, versuchte ich auszuweichen, doch Alex durchschaute meinen Plan sofort.

„Meinem Knie geht’s prima. Ich will wissen, wie es dir geht“, beharrte er auf eine Antwort.

Ich seufzte. „Mir geht es gut. Es ist wirklich schön hier. Die Landschaft ist ein Traum, die Hunde und die Einwohner sind alle super lieb und …“

„Und was?“

„Aktuell kann ich mir gar nicht vorstellen, diesen Ort in ein paar Tagen schon wieder verlassen zu müssen. Es fühlt sich alles so vertraut an, obwohl ich erst seit kurzer Zeit hier bin.“

Schweigen am anderen Ende der Leitung. O Mann, ich war so bescheuert. Das war bestimmt nicht das, was mein Chef von mir hören wollte. Auch wenn Alex mein Freund war.

Er räusperte sich und klang mit einem Mal sehr kühl. „Na ja, du hast ja noch ein paar Tage.“

Die Verabschiedung war ebenso kurz angebunden. Mit einem wilden Gefühlschaos stapfte ich zurück zum Wagen.

35. Kapitel
Hailey

Ich konnte meine schlechte Laune nicht verbergen. Die Heimfahrt verlief schweigsam. Doch als wir daheim ankamen, fragte mich Cole prompt heraus, was los sei.

Klar merkte er, dass etwas nicht stimmte. Aber wie sollte ich ihm erklären, was in mir vorging? Ich wusste es doch selbst nicht.

Ich bat ihn, mir einfach etwas Zeit zu geben. Es war bereits dunkel, als wir die Hunde fütterten und ich frisches Stroh in den Zwinger legte. Die Hunde schienen dabei ebenso zu ahnen, dass eine betrübte Stimmung mich ergriffen hatte. Sie tänzelten die ganze Zeit um meine Beine und waren extra anhänglich.

„Ist doch gut“, sagte ich und tätschelte Snows Kopf. Der Rüde presste seine Stirn gegen meine behandschuhte Hand. Als würde er sagen wollen: geh nicht. Wehmütig schaute ich zu ihm herab. Vor einigen Tagen wäre es undenkbar für mich gewesen, einen Hund anzufassen oder gar zu streicheln. Jetzt fiel es mir schwer, hinzunehmen, dass ich den Huskys bald Lebewohl sagen musste.

Aber noch war es ja gar nicht soweit. Ich versuchte mich zusammenzureißen.

Das traurige Gefühl blieb allerdings. Selbst, als wir in das Holzhaus zurückkehrten.

„Hey“, versuchte es Cole noch einmal. „Etwas ist nicht in Ordnung. Das merke ich doch. Sag mir doch bitte, was los ist.“

Er berührte mich sanft am Arm und schaute mich besorgt an.

Das war zu viel für mich.

Stürmisch zog ich ihn in meine Arme und küsste ihn voller Leidenschaft. Ich wusste nicht, wie das alles weitergehen sollte. Aber ich wusste, was ich in diesem Moment wollte. In diesem Moment brauchte. Und das war er.

Cole war für den Bruchteil einer Sekunde irritiert, dann erwiderte er den Kuss mit Hingabe. Er schien zu spüren, was in mir los war und dass mir nichts auf dieser Welt mehr helfen könnte als seine Nähe.

Wir zogen unsere Wintersachen aus, ehe Cole mich sanft hochhob und die Treppe hinauftrug. Dieses Mal verloren wir keine Zeit, was den Rest unserer Klamotten anging. Wie zwei Verhungernde rissen wir uns sprichwörtlich die Kleider vom Leib. Immer wieder unterbrochen von wilden Küssen und Liebkosungen.

Mir war klar, dass sich damit meine Probleme nicht in Luft auflösen würden. Doch in diesem Moment brauchte ich genau das. Ich brauchte ihn. Ich brauchte seine Nähe und die Geborgenheit, die er mir schenkte und die mich all meine Sorgen vergessen ließ. Zumindest für einen Augenblick.

Vollkommen nackt ließ ich mich mit Cole aufs Bett fallen. Es machte mich wahnsinnig, ihn ohne Klamotten so dicht bei mir zu spüren.

Ich zog seinen Nacken zu mir herunter und gab ihm einen tiefen Kuss, während ich mit der anderen Hand sein Glied umfasste und ihn langsam massierte. Es dauerte nicht lange, bis er zu keuchen begann.

„Warte“, raunte er und beugte sich neben mich, um in das Nachttischschränkchen zu greifen. Er holte ein Kondom hervor und hielt es mir lächelnd vors Gesicht. Anscheinend hatte er eine Schachtel bei unserem heutigen Besuch im Supermarkt gekauft.

Mein Puls beschleunigte sich, als mir bewusst wurde, dass es heute zum ersten Mal nicht nur beim Liebkosen bleiben würde.

Cole streifte das Gummi über, bevor er sich wieder unseren Küssen widmete. Seine Hand glitt ebenfalls zwischen meine Beine, nur um festzustellen, dass ich schon mehr als bereit für ihn war.

Er schaute mir tief in die Augen. „Bist du sicher?“, fragte er.

Zur Antwort packte ich seinen Hintern und presste mich fest an ihn. Mehr brauchte er nicht. Sacht drang er in mich ein und ich konnte nicht anders, als festzustellen, wie gut er sich anfühlte. Und dass ich gerade nichts anderes wollte, als das zu spüren.

Wir begannen mit einem langsamen Rhythmus, der immer schneller, immer hingebungsvoller wurde. Unaufhaltsam steuerten wir gemeinsam dem Höhepunkt entgegen, der über uns hereinbrach wie eine angenehm warme Flut. Ich klammerte mich an Cole, um nicht zu ertrinken.

36. Kapitel
Cole

Ich wachte mit Hailey in meinen Armen auf. Sie döste noch friedlich vor sich hin. Gestern Abend war sie zwar schnell eingeschlafen – vermutlich war sie ebenso erschöpft gewesen wie ich – dafür hatte sie sich die ganze Nacht unruhig im Bett hin und her gewälzt.

Ihr sorgenverhangener Blick als sie aufwachte, bestätigte meine Vermutung, dass sie etwas beschäftigte. Dieses Mal drängte ich sie nicht, mir etwas zu sagen. Ich streichelte lediglich über ihre Wange und hielt sie weiterhin fest. Zu meiner Überraschung rückte sie endlich mit der Sprache raus. „Ich weiß nicht, wie es weitergehen soll."

Ich hatte schon die ganze Zeit geahnt, dass sie sich deswegen Gedanken machte. Und ich konnte sie gut verstehen. Aus einem einfachen Job hier oben in Alaska war so viel mehr geworden.

Ich sah ihr tagtäglich an, wie viel Freude ihr die Arbeit mit den Hunden und den Leuten bereitete. Wie sie die Natur bestaunte und jedes Detail von ihr begeistert wahrnahm. Und da war natürlich noch die

Sache mit uns, die sich absolut unplanmäßig entwickelt hatte.

Ja, was war das eigentlich? Wahrscheinlich wusste das keiner von uns beiden so recht und vielleicht war es auch zu früh, darüber urteilen zu können. Aber ich wusste, dass es, wenn es nach mir ginge, nicht aufhören sollte.

Ich genoss ihre Gesellschaft, die Zärtlichkeiten und ihre Nähe. Zum ersten Mal seit langer Zeit fühlte ich mich zu einem anderen Menschen, zu einer anderen Frau, hingezogen und meine Einsamkeit verwandelte sich in Zufriedenheit. Ich begann wieder zu leben. Dank Hailey.

Doch mir war klar, dass ihre Zeit hier nur begrenzt war. Und ich würde ihr kein schlechtes Gewissen einreden, nur damit sie sich dazu genötigt fühlte, zu bleiben.

Ich würde sie nicht zwingen, alles, was sie in ihrer Heimat hatte, aufzugeben. Das stand mir überhaupt nicht zu. Dennoch konnte ich sie aber auch nicht kampflos gehen lassen.

„Du könntest bleiben", sagte ich deshalb, ohne irgendwelche Forderungen zu stellen. Es war lediglich eine Idee.

Hailey verzog das Gesicht zu einer Grimasse, als hätte sie in eine Zitrone gebissen. „Könnte ich nicht."

„Warum nicht?"

Sie seufzte. „Ich kann doch Alex nicht einfach enttäuschen und kündigen. Außerdem habe ich in Atlanta meine Familie und Freunde. Hier habe ich nur dich."

Das klang hart, aber sie hatte recht. Es war die ungeschönte Wahrheit und ich konnte verstehen, dass sie für einen Kerl, den sie gerade mal ein paar Wochen kannte, nicht ihr ganzes Leben aufgeben wollte. Trotzdem trafen mich ihre Worte, auch wenn ich mir nichts anmerken ließ.

„Vielleicht musst du nicht gleich kündigen. Aber du könntest fragen, ob du noch länger bleiben könntest. Wenn Kayas Grippe andauert, bräuchte ich ohnehin noch etwas Hilfe", schlug ich vor.

„Das geht nicht." Sie schüttelte den Kopf. „Gerade zum Jahresanfang ist immer die Hölle in der Buchhaltung los und dadurch, dass die letzten Wochen alles liegengeblieben ist, will ich gar nicht wissen, wie mein Schreibtisch aussieht."

Okay, das war ein Argument.

„Außerdem, nur mal angenommen, ich würde bleiben. Wo sollte ich arbeiten? Jetzt im Winter kann ich dir vielleicht noch helfen und wir können uns zu zweit über Wasser halten, aber im Sommer ist mit Sicherheit nicht so viel los, oder?"

Der Einwand war berechtigt. Im Sommer war ich tatsächlich weniger mit den Hunden unterwegs, was weniger Einnahmen bedeutete. Und da Alaska extrem teuer war, bräuchte Hailey definitiv einen Job.

Selbst Marie hatte damals nebenher an der Tankstelle in Healy ausgeholfen.

„Leider ja. Aber Dana sucht doch gerade Hilfe“, fiel mir ein. „Außerdem wird schon länger gemunkelt, dass sie nach einem Nachfolger für ihr Geschäft Ausschau hält. Danas und Als Kinder leben beide nicht mehr hier. Vielleicht wäre das etwas für dich.“

Hailey schaute mich skeptisch an. „Eine Verkäuferin?“

Ich zuckte mit den Schultern. „Du kannst gut mit Menschen umgehen, und ich habe das Gefühl, dass dir der Umgang mit ihnen ebenfalls Freude bereitet.“

Sie wurde still und wandte ihren Blick ab. Ich legte meinen Finger unter ihr Kinn und schob es sanft nach oben, damit sie mich ansehen musste.

„Nur damit das klar ist: Ich möchte nicht, dass du gehst. Mir wäre es am liebsten, wenn du bleibst. Du gibst mir so unglaublich viel, Hailey Dun. Und ich würde nur ungern darauf verzichten.“ Ich schaute ihr tief in die Augen. „Aber ich kann mir auch vorstellen, wie schwer es ist, an diesem Punkt unserer Beziehung eine Entscheidung treffen zu müssen. Allerdings verspreche ich dir, dass du hier immer willkommen sein wirst. Egal, was du tust.“

Vielleicht war es nicht die Liebeserklärung, die sie hören wollte. Aber meine Worte waren von Grund auf ehrlich, und ich war nun mal nicht der Typ Mensch, der andere zu etwas drängte, das sie vielleicht gar nicht wollten.

„Und ich verspreche dir, dass, solltest du dich entscheiden, dein Leben hier oben weiterzuführen, ich dich bestmöglich unterstützen werde. In jeder denkbaren Hinsicht.“

37. Kapitel
Hailey

Coles Worte hallten in mir nach, während ich langsam, aber sicher meine Klamotten zusammensuchte. Einen Teil von ihnen hatte ich schon in meinem Koffer verstaut. Dabei fiel mir auch das Flugticket für heute Nachmittag in die Hände. Noch nie in meinem Leben war ich so hin- und hergerissen. Und ich wusste absolut nicht, was ich tun sollte.

Mein altes Leben weiterführen oder auf Risiko setzen und hier oben ganz neu beginnen? Und dann war da Cole. Ich wusste einfach nicht, wie ich es jemals wieder ohne ihn aushalten würde. Alleine schon der Gedanke daran, bald von ihm getrennt zu sein und ihn vielleicht nie wieder zu sehen, versetzte mir einen Dämpfer. Doch wahrscheinlich war ich gerade einfach ein bisschen blind vor Liebe. Das würde ganz bestimmt vorbeigehen. Zumindest konnte ich darauf nur hoffen.

Auf der anderen Seite: was, wenn ich blieb und wir doch feststellten, dass wir nicht zueinander passten? Würde ich wieder zurück können, zu Alex und den anderen? Oder würde ich ein einsames Dasein in Healy fristen?

Die Gedanken zermürbten mich, und ich versuchte mich mit Packen weiter abzulenken. Was mir mehr schlecht als recht gelang.

Es war bereits hell draußen, als ich sah, wie ein Wagen vorfuhr. Wahrscheinlich war das die Familie, die die Silvestertour gebucht hatte.

Frustriert warf ich eine meiner Hosen achtlos in den Koffer und beschloss, das Thema Packen nachher weiter anzugehen.

Jetzt hatten vorerst die Kunden Vorrang.

Während der ganzen Tour versuchte ich, mir nicht anmerken zu lassen, wie nahe mir das Ganze ging. Mich seelisch und moralisch darauf vorzubereiten, dass ich wahrscheinlich zum letzten Mal auf einem Hundeschlitten stehen würde. Dass ich zum letzten Mal durch diese unwirklich schöne Landschaft fahren würde. Zusammen mit Cole.

Die Tour ging viel zu schnell vorbei. Beim Abspannen der Hunde kuschelte ich mit jedem einzelnen eine Weile, ehe ich sie zurück in den Auslauf brachte. Schweigsam ging ich danach in mein Zimmer, zog mich um und nahm meine Sachen. Cole half mir dankenswerterweise, sie ins Auto zu bringen. Er hatte den Opel von Al herbringen lassen, der sich gefreut hatte, helfen zu können.

Es war zwei Uhr Nachmittag. Mein Flug ging um sechs Uhr abends. So langsam musste ich los.

Nachdem alles verladen war, warf ich einen letzten Blick auf das Holzhaus und musste an den Moment denken, als ich zum ersten Mal auf Cole getroffen war. Ich konnte ihn kaum ansehen und musste mich zusammenreißen, nicht loszuschluchzen.

„Hey“, tröstete er mich, obwohl ihm das Ganze bestimmt ebenso naheging wie mir. „Nicht weinen. Wir bleiben doch in Kontakt. Das hier ist bestimmt kein Abschied für immer.“

Wie konnte er jetzt noch so freundlich bleiben? Obwohl ich es doch gerade war, die mehr oder weniger einfach hinschmiss.

Ich versuchte, von uns abzulenken. „Ich hätte nie gedacht, dass ich die Hunde mal vermissen würde. Aber um ehrlich zu sein, fehlen sie mir jetzt schon.“

Genau wie du, dachte ich, blieb aber stumm.

Dann fiel mir ein, was ich noch fast vergessen hätte. Ich kramte aus meinem Rucksack die Handschuhe, die ich für ihn in Danas Laden gekauft hatte.

„Die wollte ich dir eigentlich schon zu Weihnachten schenken“, gestand ich und übergab sie ihm.

Cole betrachtete sie mit einem schmerzlichen Blick, zog mich in eine feste Umarmung und gab mir einen Kuss, der förmlich schrie: *Geh nicht.*

Doch ich konnte nicht bleiben. Es ging einfach nicht.

38. Kapitel
Hailey

Die Fahrt zum Flughafen war ungewöhnlich still. Ich hatte keine Lust auf das Gejohle aus dem Radio, wenn es denn mal ging, weshalb ich es aus ließ und lieber meinen Gedanken nachhing. Was nicht gerade förderlich war. Ich konnte nicht anders als Trübsal zu blasen.

Auf dem Flughafen in Fairbanks angekommen, bahnte ich mir einen Weg durch die übervollen Schalter. Wann hatte ich das letzte Mal so viele Menschen auf einen Haufen gesehen? Ich war es gar nicht mehr gewohnt.

Als ich in der Schlange zum Schalter stand und dutzende Leute um mich herum wuselten, wurde mir mehr und mehr klar, dass ich nichts davon vermisst hatte. Von der Hektik, von dem Drang immer besser zu werden, nie zufrieden zu sein, nie eine Pause einzulegen. Und mir wurde klar, dass ich ganz andere Werte auf Coles Ranch gefunden hatte. Zufriedenheit mit mir selbst, Ausgeglichenheit und noch etwas Bedeutendes: Liebe, zu den Hunden und zu Cole.

Mit einem Mal fiel es mir wie Schuppen von den

Augen, und ich fragte mich, weshalb ich so erpicht darauf war, in ein Leben zurückzukehren, in dem mir all das fehlen würde. Nur weil ich Angst vor etwas Neuem, Unbekanntem hatte; weil ich es nicht gewohnt war, ein Risiko einzugehen.

Wenn ich jetzt in diesen Flieger stieg, würde ich vielleicht nie wieder zurückkehren können. Zu einem Leben, das mir so viel mehr gab, als ich es bisher kannte. Zu einem Mann, der mir die Welt zu Füßen legen würde, wenn er könnte.

Ich betrachtete das Flugticket in meiner Hand. Gleich würde ich mich am Schalter anmelden und nach Hause fliegen.

Gerade als mich die Frau aufrief, nach vorne an ihren Schalter zu treten, hob ich den Kopf und zerriss mit einem breiten Lächeln das Ticket vor ihren Augen. Anschließend legte ich es unter ihrem entgeisterten Blick auf den Tresen vor ihr und wandte mich wortlos zum Ausgang.

Mit pochendem Herzen stieg ich in mein Auto, um mich auf den weiten Weg zurück nach Healy zu machen. Doch vorher musste ich noch etwas erledigen.

Eilig suchte ich durch die Kontakte auf meinem Handy und wählte die Nummer.

„Hailey?“, erklang nach einigen Sekunden Alex’ Stimme am Ende der Leitung.

Meine Kehle schnürte sich zu, aber ich wollte nicht um den heißen Brei herumreden. „Alex, ich kann noch nicht zurückkommen."

Ein Seufzen ertönte. „Ich hatte schon gerätselt, wann du endlich anrufst."

Irritiert hob ich die Augenbrauen, bis mir klar wurde: „Du hast nicht wirklich damit gerechnet, dass ich zurückkomme."

„Nein."

„Es tut mir leid." Ich blies die Luft aus und umklammerte mit der anderen Hand das Lenkrad.

Zu meiner Verwunderung hallte ein Lachen durch die Leitung. „Das muss es nicht, Hailey. Wirklich nicht. Ich habe dich dort hochgeschickt, mit dem Wissen, wie atemberaubend die Landschaft ist und wie liebenswürdig die Hunde sind. Wenn, ist es also meine eigene Schuld."

„Sag so etwas nicht", wehrte ich ab, auch wenn es genau genommen stimmte.

„Hauptsache, du kommst mit Cole klar."

Gut, dass wir keinen Videocall machten, sonst würde er mein errötetes Gesicht sehen. Mein Schweigen schien allerdings Zustimmung genug.

„Dachte ich es mir doch." Ich hörte das Lächeln in seiner Stimme.

„Alex …", wollte ich etwas erwidern, wusste aber nicht, was.

„Mir musst du nichts erklären, Hailey." Das konnte ich mir vorstellen. Wahrscheinlich wusste er ohnehin schon, dass da etwas zwischen uns geschehen war.

„Lass uns morgen nochmal in Ruhe über alles reden. Jetzt sollten wir erstmal Silvester feiern."

Schmunzelnd verabschiedete ich mich von ihm und betrachtete das Handy noch einen kurzen Moment, ehe ich den Motor startete.

Die Rückfahrt verging wesentlich schneller als die Reise zum Flughafen und mit jedem Kilometer, den ich zurücklegte, fühlte sich das Ganze mehr und mehr richtig an.

Nach zweieinhalb Stunden entdeckte ich endlich die Auffahrt zu Coles Ranch. Es war schon kurz vor Mitternacht. Wie vor drei Wochen bog ich voller Elan in die Nebenstraße. Wie vor drei Wochen blieb ich im Schnee in der Senke stecken.

„Das gibt es doch nicht", fluchte und lachte ich halb. Dieses Mal unterließ ich die unnötigen Versuche, mich aus den Schneemaßen zu befreien. Ich griff gleich nach meinem Rucksack und bahnte mir mithilfe meiner Handytaschenlampe den Weg zu der Hütte. Dabei hoffte ich, dass mir keines der wilden Tiere über dem Weg lief, von denen mir Cole am Anfang erzählt hatte.

Glücklicherweise kam ich in einem Stück, ohne von einem Bären angefallen worden zu sein, beim Haus an. Nur um festzustellen, dass kaum Licht darin brannte.

Ich klopfte an die Eingangstür und als keiner antwortete, drückte ich die Klinke runter, doch sie war verschlossen.

Na toll, jetzt war ich den ganzen Weg hierhergelaufen, hatte mich festgefahren und Cole war nicht da. Das war wieder typisch ich.

Als ich mich umblickte, entdeckte ich Coles Jeep, der eingeschneit war. Sein Auto war hier. Also musste er doch auch irgendwo stecken.

Neugierig schlich ich um sein Haus und warf einen Blick in den Auslauf. Einige der Hunde erkannten mich trotz der Dunkelheit um uns herum und kamen gleich jaulend an den Zaun gerannt.

Meine Augen weiteten sich. Ich konnte ein Grinsen nicht unterdrücken, als ich Cole inmitten der Hunde entdeckte. Er saß auf einer Decke auf einer der Hütten und schaute in den Himmel. Durch die von den Hunden entstandene Geräuschkulisse drehte er seinen Kopf in ihre Richtung und sah zu mir rüber.

Ich überlegte gar nicht lange. Ich ging zum Eingang und betrat den Auslauf. Die Meute begrüßte mich und ich hatte Mühe, nicht umzufallen vor lauter Hundepfoten und Huskyschnauzen, die mich ablecken wollten.

Cole ging auf mich zu und schob die Hunde sanft zur Seite.

„Du bist hier“, hauchte er und sah dabei überglücklich aus. Seine Augen funkelten mich regelrecht an, er hatte ein umwerfendes Lächeln auf den Lippen.

„Ich bin hier“, stimmte ich zu. „Ich habe dir gesagt, ich weiß nicht, wie es weitergehen soll. Und das stimmt. Aber ich bin hier, um genau das herauszufinden.“

Er legte seine Arme um mich und küsste mich innig. Er musste nichts sagen. Der Kuss war Antwort genug.

Und in diesem Augenblick, während zum ersten Mal die Nordlichter über uns funkelten, wusste ich, dass ich mich genau richtig entschieden hatte.

Epilog
Hailey

„Willkommen auf Coles Huskyranch“, begrüßte ich die Familie, die an Weihnachten die Huskytour gebucht hatte. Schmunzelnd musste ich an letztes Jahr zurückdenken, als zu Weihnachten ein Blizzard über Healy gefegt war und wir eingeschneit waren.

Was Besseres hätte mir und Cole rückblickend nicht passieren können. Seitdem war eine Menge Zeit vergangen und es hatte sich einiges verändert.

Ich war in Alaska geblieben. Nicht nur über Silvester, sondern für immer. Ich war dankbar, dass Alex meine Entscheidung akzeptierte und mich sogar darin unterstützte, mir hier ein neues Leben aufzubauen. Wobei, Dana hätte mich wahrscheinlich auch ohne Empfehlungsschreiben eingestellt.

Cole hatte recht gehabt: Sie suchte tatsächlich einen Nachfolger für ihren Laden. Nächsten Sommer wollte sie sich komplett zur Ruhe setzen und bis jetzt hatte ich als einzige Aushilfe die besten Chancen, den Laden zu übernehmen.

Im Winter half ich Cole wieder mit den Hunden und Touren. Kaya hatte tatsächlich den Platz am

Anchorage College bekommen und studierte seit Sommer dieses Jahres.

Für meine Familie war die Nachricht, dass ich nicht zurückkommen würde, ein echter Schock gewesen. Doch nachdem ich meine ganzen Sachen hergeholt hatte, lud ich sie im Sommer ein, uns zu besuchen. Danach waren sie tatsächlich etwas entspannter gewesen. Wahrscheinlich hatten Coles Charme und die Magie der Landschaft maßgeblich dazu beigetragen. Und so sehr ich sie liebte, so sehr merkte ich auch, wie gut es mir tat, auf eigenen Beinen zu stehen.

Apropos Cole. Gerade als ich an ihn dachte, trat er neben mich und legte einen Arm um meine Taille. Ich blinzelte ihn an und gab ihm einen kurzen Kuss auf die Wange. „Cole, dass hier sind die Lamberts. Sie haben die heutige Tour gebucht."

Frau Lambert trat einen Schritt nach vorne und streckte Cole ihre behandschuhte Hand entgegen. Erst jetzt entdeckte ich den kleinen Jungen hinter ihren Beinen. Die Mutter bemerkte meinen Blick.

„Oh, das ist Max. Er hat etwas Angst vor Hunden", erklärte sie und zuckte entschuldigend mit den Schultern.

„Hey Max", begrüßte ich den Jungen und kniete mich vor ihn. Noch immer versteckte er sich halb hinter seiner Mum.

„Mein Name ist Hailey. Ich arbeite hier und werde heute mit euch die Tour übernehmen", begann ich.

„Soll ich dir mal was verraten? Ich hatte auch Angst vor Hunden."

Das schien Max, wie erhofft, aus seiner Reserve zu locken. Er lugte neugierig zu mir. Jetzt hatte ich seine Aufmerksamkeit. Ich dachte daran zurück, wie ich von Sky während meiner Anreise damals empfangen worden war und schüttelte grinsend den Kopf. Dann wandte ich mich wieder dem Jungen zu. „Aber weißt du, was das Gute an Ängsten ist? Man kann sie überwinden." Unauffällig schaute ich über die Schulter zu Cole und lächelte ihn an. „Und wenn ich das kann, dann kannst du das ganz sicher auch."

Danksagung

Ich glaube, so mancher Schreiberling unter uns hat dieses eine ‚Corona-Projekt'. Bei mir sind es ganz klar meine Huskyküsse. Eigentlich wollte ich im Winter 2022 die Geschichte vom dritten Halloweenchen niederschreiben, doch irgendwie kam ich nicht an mein geliebtes Horrorgenre heran. Zu düster waren die realen Nachrichten, die Tag für Tag um mich herumschwirrten.

Daher wuchs in mir der Drang, eine Geschichte zu erzählen, die den Zauber von Weihnachten einfangen konnte. Und damit auch eine ganze Menge Heiterkeit.

Haileys und Coles Geschichte ist gespickt mit einer guten Briese Humor, mit prickelnder Leidenschaft und natürlich auch einigen Klischees – und ich hoffe, sie konnte euer Herz genauso wärmen, wie meins.

Natürlich waren auch bei Buch Nummer sechs viele liebe Menschen beteiligt, denen ich an dieser Stelle ausdrücklich danken möchte.

Wie immer stehen hierbei an erster Stelle meine Familie und mein Freund, die vielleicht nicht immer verstehen können, was ich hier eigentlich tue :D, aber mir trotzdem den Rücken freihalten, wann immer sie können.

Ich danke Angela, Geraldine und Dorinne. Ihr habt die erste Rohfassung gelesen und mir mit eurem Feedback geholfen, die Geschichte noch ein wenig besser zu machen. Testleser wie euch zu haben ist einfach unbezahlbar.

Ein riesiges Dankeschön geht an Renate, die die Geschichte von Hailey und Cole lektoriert hat. Ich danke dir so für deine Hinweise, durch die ich noch einmal einen ganz neuen Blick auf mein Skript bekommen habe.

Ich danke Jenny für ihre Adleraugen. Es war mir eine Freude, mit dir im Korrektorat zusammenzuarbeiten. So wie immer, wenn wir gemeinsam Autorenblödsinn machen :D.

Larissa gehört mittlerweile bereits zum festen Inventar bei der Veröffentlichung von meinen Büchern. Danke, dass du auch dieses Mal wieder diesen wunderschönen Buchsatz erschaffen hast.

Ein ganz besonderer Dank geht wie immer auch an Sarah. Ich könnte mir kein besseres Cover für mein Buch vorstellen und es war einfach wieder toll, mit dir daran arbeiten zu können.

Dann ist da noch mein wunderbares Bloggerteam, dass mich unterstützt, wo es nur kann. Für eure Hilfe bin ich zutiefst dankbar.

Zum Schluss bleibt mir nur noch eins zu sagen: wie immer würde ich mich wahnsinnig freuen zu erfahren, wie Dir meine Geschichte gefallen hat. Also scheue Dich nicht davor, mich zu kontaktieren oder eine Rezension zu verfassen. Ich bin für jede Hilfe dankbar und ich hoffe, wir lesen uns wieder.

Maria Winter

Der Auftakt der packenden Military Romance-Dilogie

Sie ist ihr schlimmster Feind. Und ihre einzige Hoffnung ...

Die Global Antiterror Unit operiert weltweit als geheime Organisation im Untergrund. Ihre Soldaten kämpfen über Ländergrenzen hinweg gegen Terrorismus aller Art - nicht selten jenseits der Legalität. Die Teamleiterin Skara Johnsen war eine von ihnen, bis sie während einer Mission ihr gesamtes Team tötete und zum Feind überlief. Als sie von der GATU gefasst wird, soll sie als Hochverräterin hingerichtet werden.

Zur selben Zeit überfallen tschetschenische Terroristen Moskau, richten in der Metropole ein Blutbad an und drohen mit weiteren Anschlägen. Ihr größtes Druckmittel: gefangene Soldaten der GATU, die sie als Selbstmordattentäter missbrauchen. Nur der entschlossene Soldat Logan Wright könnte den Terror stoppen und die gefangenen Soldaten befreien. Doch dafür braucht er die Hilfe der einzigen Frau, die mit diesem Grauen vertraut ist. Er braucht Skara Johnsen - doch kann er einer Hochverräterin trauen?

„Black: Break the Ice" von Maria Winter
Erschienen im April 2022

Erhältlich als E-Book, Taschenbuch und Hardcover überall dort, wo es Bücher gibt.

Wirst du ein Teil von Northwall Castle?

Wo ist dein Platz in einer Welt voller Monster?

Im England des 19. Jahrhunderts dominieren die eitlen Nobils die Welt der Werwölfe. Die strenge Untergliederung nach Fellfarben bestimmt den Platz in der Hierarchie. Nur die Wölfin Maya Black scheint keiner Rasse anzugehören. Als Außenseiterin schlägt sie sich allein durch und lässt niemanden an sich heran.

Doch als die Nobils sie gefangen nehmen und ihr ein Leben als Sklavin in einer Welt voll Demütigung und Unterdrückung droht, setzt die freiheitsliebende Maya alles daran, aus ihren Ketten auszubrechen. Aber ihr Unterfangen scheint aussichtslos, als sie an den verschlossenen Ethan verkauft wird. Die Schlinge um ihren Hals zieht sich Tag für Tag weiter zu. Um aus ihrem Gefängnis auszubrechen, benötigt sie all ihre Kräfte – und muss hinter Ethans kalte Maske blicken.

„Under the Moon: Gefangen" von Maria Winter
Erschienen im November 2020

Erhältlich als E-Book, Taschenbuch und Hardcover überall dort, wo es Bücher gibt.

Über die Autorin

Maria Winter, 1997 geboren, ist gelernte Verwaltungsfachangestellte und lebt mit ihrem Partner in einem beschaulichen Örtchen im Thüringer Wald.

Schon in der Grundschulzeit verbrachte sie ihre mehr oder weniger arbeitsfreien Minuten in der Schulstunde kritzelnd an kleinen, noch ziemlich ungefährlichen Geschichten über ihre Lieblingsnachtwesen. Während in der Regelschule in der „Twilight – Phase“ alle anderen den Vampir anschmachteten, wollte sie am liebsten mit dem Werwolf durch den Wald streifen.

Auf ihrem Instagramprofil „@mariasbuecherbox“ postet sie regelmäßig über ihre Lieblingsbücher und ihre verfassten Rezensionen dazu.

Weiterhin erschienene Bücher:

Halloween in Unterwald
Halloween in Nebelwald
Under the Moon: Gefangen
Black: Break The Ice